I0620092

¡DESAHOGO!

Una Novela De Los Hermanos Walker

J.S. SCOTT

Autora en las listas de Bestsellers del NY Times & USA Today

¡Desahogo!

Una novela de Los hermanos Walker

J. S. Scott

Traducción: Marta Molina Rodríguez

Título original: Release!: A Walker Brothers Novel
Copyright © 2015 de J. S. Scott
ISBN: 978-1-939962-86-7 (libro electrónico)
ISBN: 978-1-939962-87-4 (edición impresa)
Diseño de cubierta: Ashley Michel/AM Creations
Traducción: Marta Molina Rodríguez
Corrección y edición de Traducción: Isa Jones

Todos los derechos reservados. Queda terminantemente prohibida la reproducción o transmisión de este material sin autorización escrita, en cualquiera de sus formatos, ya sea electrónico, mecánico, fotocopiado, grabado o cualquier otro formato.

INDICE

PRÓLOGO   *Trace* 1

CAPÍTULO 1   *Eva* 5

CAPÍTULO 2   *Eva* 17

CAPÍTULO 3   *Trace* 29

CAPÍTULO 4   *Eva* 37

CAPÍTULO 5   *Trace* 47

CAPÍTULO 6   *Eva* 56

CAPÍTULO 7   *Eva* 69

CAPÍTULO 8   *Eva* 79

CAPÍTULO 9   *Trace* 88

CAPÍTULO 10   *Eva* 96

CAPÍTULO 11   *Eva* 107

CAPÍTULO 12   *Trace* 115

CAPÍTULO 13   *Eva* 123

CAPÍTULO 14   *Eva* 131

CAPÍTULO 15   *Trace* 142

CAPÍTULO 16   *Eva* 152

CAPÍTULO 17   *Eva* 160

CAPÍTULO 18   *Eva* 169

EPÍLOGO   *Trace* 176

PRÓLOGO

Trace

HACE SEIS AÑOS...

«¡Por favor, Dios! Deja que viva».

Estaba tan excitado por el café que no podía pensar con claridad. Mientras observaba a mi hermano pequeño, Dane, en una cama de hospital, seguía deseando que aquello fuera una pesadilla.

«¡Si estoy soñando, necesito levantarme ya, joder!».

Aferrándome con los puños a la barandilla de su cama, quería llorar a lágrima viva, pero no lo haría. No podía.

Mi padre había muerto. Karen había muerto. Todo lo que me quedaba eran Sebastian y Dane. La vida del último pendía de un hilo, y no pensaba dejar que se me fuera mi hermanito. Ya había perdido demasiado, y mi cordura no soportaría otra muerte.

De no haber sido por el hecho de que Sebastian y yo teníamos exámenes finales, también habríamos estado en el avión privado cuando se estrelló. Sin embargo, habíamos salido de Las Vegas tres días antes. Yo sólo había tenido tiempo de asistir a las nupcias y después me fui directo a la universidad para los finales, al igual que mi hermano mediano, Sebastian. Recién graduado de bachillerato, Dane se había quedado atrás durante unos días con un amigo que vivía en Sin City antes de volver a Texas con mi padre y su nueva esposa, Karen.

La pena intentaba consumirme mientras pensaba en mi padre, pero no lo permitiría. En ese preciso instante, necesitaba control. A la edad avanzada de veintiún años, acababa de graduarme en la universidad, listo para dar el siguiente paso y terminar el máster en Administración de Empresas.

Inesperadamente, también me había convertido en la cabeza de la familia Walker, empujado a una posición que no creía estar listo para asumir. Pero al ser el mayor, ¿qué otra opción me quedaba? Ahora todo el mundo se dirigía a mí para tomar decisiones, y necesitaba apretarme los machos.

Recé a un Dios de cuya existencia había dudado mucho en el pasado, dispuesto a intentar lo que fuera con tal de mantener a Dane con vida.

Los médicos dijeron que aunque saliera de esa, Dane estaría lleno de cicatrices. ¡Como si me importara una mierda! Sólo quería que respirara por sí mismo, libre del respirador que insuflaba cada aliento de Dane de manera mecánica.

Apenas podía verle los ojos, pero al inspeccionar más de cerca, me di cuenta de que seguían cerrados.

«¡Joder!».

Empecé a respirar superficialmente; el corazón me latía a mil por hora.

«¿Qué pasa si no sale de esta? ¿Qué pasa si también lo pierdo a él?».

El equipo de protección que llevaba puesto para mantener la habitación libre de gérmenes y minimizar el riesgo de infección de las quemaduras de Dane me estaba sofocando.

«¡Mierda! ¡Contrólate! ¡Contrólate! Tengo que enterrar mis emociones, enterrarlas en lo más profundo. Ahora mismo hay gente que depende de mí, incluyendo Dane». Me negaba a perder la esperanza. Los médicos no me habían dado buenas noticias precisamente, pero mi hermano pequeño era un luchador. Saldría adelante.

Me habían preparado desde primaria para ocupar el lugar de mi padre cuando llegara la hora, pero no sabía que llegaría tan pronto, joder. De manera vaga, sabía que tendría que sustituirlo y terminar el máster mientras ocupaba su lugar.

Me resistía a la idea de que mi padre hubiera muerto. No lo había asimilado del todo.

De repente, oí una voz en mi cabeza; era la voz de mi padre: «Hijo, si te desmoronas y pierdes el control, todo y todos los que te rodean también lo harán». Tenía razón.

En el pasado, siempre tuvimos a Papá para apoyarnos en él, y era el hombre más fuerte que había conocido. Si tenía debilidades, yo nunca las había visto. Tal vez pensara que nunca iba a morir, que ostentaba demasiado poder como para que la vida le fuera arrebatada. La idea me hizo sentir vulnerable de repente, pero no había tiempo para ser un gallina. Ahora tendría que hacerlo solo, dejar que todos se apoyaran en mí. No importaba si estaba listo o no.

Capté una sombra fuera de la puerta del hospital y vi a Sebastian preparándose para entrar.

«Ya está aquí». Sabía que estaba de camino, pero me sorprendí de lo rápido que había llegado. El gesto de mi hermano era sombrío mientras se ponía un par de guantes. Una enfermera guapa dio un paso al frente para ayudarlo a ajustarse la mascarilla.

Sebastian todavía tenía que terminar la universidad, y Dane ni siquiera había empezado. Sería yo al que se dirigieran en busca de apoyo. Aunque Sebastian sólo era algo más de un año menor que yo, nunca había recibido la misma orientación que mi padre me había dado a mí porque era más joven y tenía objetivos diferentes. «Mis dos hermanos me necesitan».

De súbito, algo se quebró en mi interior cuando me encontré con la mirada de Sebastian a través del cristal de la puerta de la habitación. Parecía tan traumatizado, exhausto y desesperanzado como me sentía yo en ese mismo momento.

«¡No lo demuestres! No puedo dejar que sepa que estoy abrumado y que me está costando lidiar con todo lo que está ocurriendo ahora mismo. Me necesita, y Dane va a necesitarme tanto como él».

Me obligué a asentir a Sebastian, intentando indicarle en silencio que todo saldría bien, pero me di cuenta de que no se lo creía del todo.

Ambos sabíamos que nuestras vidas habían cambiado profundamente en cuestión de minutos, y que nada volvería a ser lo mismo.

CAPÍTULO 1

Eva

EN EL PRESENTE...

—El Sr. Walker está listo para verla. —La voz femenina de desaprobación estaba unida a un cuerpo y a una cara que bien podrían pertenecer a una supermodelo.

Miré a la mujer, inclinando la barbilla solo un poco al levantarme. Era pobre, estaba hambrienta y estaba desesperada. Pero ni loca iba a dejar que doña Perfecta lo supiera. Tal vez resultara obvio que no era rica, pero nunca le permitiría saber que me intimidaba mi falta de recursos. Los millonarios no me impresionaban tanto como a mi madre, y nunca había anhelado la riqueza. Lo único que siempre había querido era vivir una vida feliz, una existencia sin miedo. Hasta entonces, no había llegado a eso... de momento. Pero me negaba a desistir.

«Las personas son personas, y los ricos pueden ser tan malos como una persona estancada en la pobreza».

Le hice un gesto de asentimiento.

—Gracias. —No es que me sintiera agradecida de que me hubiera mantenido a la espera durante horas solo para hablar con su jefe, pero dije esas palabras porque estaba acostumbrada a ser educada. Mi padre me había enseñado buenos modales desde el momento en que empecé a hablar. Siempre decía que recibes lo que das. Con el paso de los años desde su muerte, me pareció que su teoría era un poco imperfecta, pero creía que tenía razón en casi todo. De modo que intentaba recordar sus palabras y ser cordial con todo el mundo.

Por desgracia, mi vena latina no era siempre tan paciente como lo había sido mi padre.

Llevaba esperando prácticamente todo el día en un rascacielos del centro de Denver que pertenecía en su totalidad a Walker Enterprises sólo para verlo *a él*. Trace Walker era un hombre por el que me inclinaba a sentir aversión, pero era mi única esperanza en ese momento, y yo era una superviviente.

Intentando actuar como si perteneciera a la planta superior de aquel elegante edificio, que no era el caso, crucé la oficina de unos pasos hasta alcanzar a la rubia perfectamente arreglada. Me esforcé en aparentar dignidad en un par de vaqueros rotos y una camiseta que había visto tiempos mejores. Yo llevaba el pelo oscuro y rizado recogido con cuidado en una coleta baja en la nuca. Aun así, sabía que probablemente parecía lo que era: una mujer pobre que no tenía ni un centavo.

Algunos de los más *amables* me llamaban «café con leche», o «spicy cracker», que significa «tostada picante». Mitad mexicana y mitad caucásica, yo era lo que las personas no tan amables llamaban «chucha» o «perra callejera». Tal y como una perra de raza mixta, no sabía dónde encajaba en el mundo ni quién era exactamente. Todo lo que sabía era que me había rebajado tanto como para buscar a un Walker, lo cual quería decir que no tenía a nadie más a quien recurrir.

Doña Perfecta abrió la puerta al santuario de Trace Walker como si se tratara de una ocasión solemne. Me pregunté si sonreía alguna vez y, de hacerlo, ¿qué ocurriría? Lo más probable era que se le resquebrajara el rostro. Su gesto ceñudo, estirado y estoico no había cambiado en todo el día, a pesar de que me mostré cortés con ella constantemente. Resultaba obvio que no le preocupaba mucho lo que daba... ni lo que recibía a cambio. Al menos, no en cuando se trataba de una mujer como yo. Pasé junto a ella sin hacer ruido, intentando no volver a vislumbrar su gesto altanero. Durante horas, me había estado observando como si fuera una cucaracha a la que había que aplastar, y me estaba cansando. Mi afabilidad tenía un límite.

Cuando por fin entré en el despacho de Trace Walker, no me percaté de la decoración elegante y contemporánea ni del caro arte moderno en la pared. No vi los impresionantes ventanales que iban del suelo al techo y dejaban al descubierto una vista increíble de la ciudad desde el último piso. No se debía a que su despacho no abarcara todo eso y más. Simplemente, yo... no podía. Fijé la mirada en él de inmediato y fui incapaz de apartarla.

Intenté recordarme que ni podía ni debía gustarme, y me acerqué lentamente hacia su escritorio descomunal, incapaz de ignorar las feromonas completamente masculinas que parecían emanar de su figura enorme.

Había oído historias de que era formidable y tenía gran dominio de sí mismo. Despreocupada, hice caso omiso de la información. ¿Cuánto miedo podía dar un tío de veintisiete años, aunque fuera asquerosamente rico?

Ahora empezaba a pensar que las historias que había oído sobre él probablemente fueran ciertas. Por alguna razón, la gente se sentía atraída por él; su presencia era magnética. Y ni siquiera había dicho ni una sola palabra.

Me senté en la silla lujosa frente a su escritorio, contemplándolo, intentando medirle las fuerzas mientras escuchaba el discreto clic que hizo su secretaria al cerrar la puerta. Él era todo dinero y clase... todo lo que yo no era. Sus dedos largos y masculinos volaban a través del teclado sobre el escritorio. Él miraba fijamente la pantalla del ordenador; parecía disgustado.

Incluso enfadado, Trace Walker era con toda probabilidad el hombre más guapo que había visto en mi vida.

Su pelo era corto, espeso y grueso; una mezcla de varios tonos de castaño. La barba incipiente sobre su rostro prácticamente ocultaba lo que parecía ser una mandíbula fuerte y unos rasgos de estilo clásico. Al estudiarlo desde mi posición sentada, no conseguí distinguir el color de sus ojos, pero tenía unas pestañas por las que algunas mujeres probablemente matarían.

El hecho de que fuera ataviado con un traje elegante que estaba convencida de que estaba hecho por encargo, también resultaba bastante intimidante. Lo hacía menos accesible para una mujer vestida con harapos.

«¿En qué estaba pensando cuando me las ingenié para llegar hasta el ático del edificio Walker para hablar con el mismísimo Trace?».

Era imponente, poderoso y claramente controlaba ese dominio en particular, independientemente de lo joven que pudiera ser. Quería levantarme de la silla y correr de vuelta a mi apartamento con el rabo entre las piernas.

Siempre podía recurrir a mi plan B, que era viajar por ahí con mis pocas pertenencias, ir a algún sitio para empezar de nuevo... ¿o iba a empezar a vivir por primera vez? «Pero, ¿a quién estoy engañando? Nunca podré dejar atrás mi pasado».

Cuando decidí aventurarme en esa valiente misión, mi plan A, decididamente no estaba preparada para él.

Su voz imponente me impidió actuar.

—¿Qué quieres?

La voz ronca de barítono me sobresaltó, así que tardé un momento en hablar.

—Necesito un trabajo. —Me resultó difícil no tartamudear, pero lo conseguí. No era el tipo de mujer que se sentía intimidada por alguien con dinero, pero lo que me ponía nerviosa no era el hecho de que Trace Walker fuera asquerosamente rico. Era él. El aire de la habitación prácticamente echaba chispas con su energía, con su presencia, con su tono de voz imponente y controlado.

Dios, era intimidante para ser un hombre sólo cuatro años mayor que yo, pero también teníamos muy pocas cosas en común, excepto una.

—Ah, ¿eres la amiga que me envía Chloe? —Giró lentamente en su silla.

Por fin me miró, y los ojos verdes oscuros que de repente apuntaban hacia mí me pusieron los pelos de punta. Su mirada era intensa, evaluadora, y tenía la sensación de que su examen rápido, que parecía penetrar hasta mi alma, me había encontrado deficiente de alguna manera.

—¿Chloe? —no tenía ni idea de quién era la mujer a la que había mencionado, pero obviamente me había tomado por alguien que no era.

—Chloe es la mujer de mi primo. ¿No lo sabías?

Negué con la cabeza. No sabía quién era Chloe, y mucho menos con quién se había casado.

Prosiguió:

—Me dijo que tenía una amiga en Denver a la que tal vez le vendría bien un trabajo temporal, una mujer que quizás trabajase en el puesto que necesito. Supongo que eres esa mujer.

El pulso empezó a latirme aceleradamente. Un trabajo, un trabajo muy necesario que quería conseguir desesperadamente. Sabía que aquello estaba mal, pero respondí:

—¿Qué tipo de trabajo? —Me temblaba la voz, y lo odiaba. La cobardía nunca había sido uno de mis atributos, y no me proporcionaría el trabajo que necesitaba tan desesperadamente. Pero aquella situación estaba fuera de mi experiencia vital.

—¿No te lo explicó? —Subió las cejas mientras seguía mirándome fijamente.

—No. —Dejé que mis respuestas fueran sencillas. Así sería más fácil.

Me miró de arriba abajo, examinándolo todo, desde mi pelo hasta los agujeros en mis zapatillas desgastadas. Me hizo sentir como una muestra bajo un microscopio, pero hice fuerza de voluntad para no avergonzarme ante su mirada de poca admiración.

—No eres lo que me esperaba —farfulló cruzando los brazos sobre el escritorio—. Pero tengo poco tiempo. Se acercan las vacaciones y necesito resolver esta situación.

Era brusco, serio, y me sentí como si le estuviera haciendo perder el tiempo. Por lo visto necesitaba ayuda, pero le molestaba tener que pasar tiempo buscándola.

—Puedo envolver regalos —le dije apresuradamente—. Sé cocinar, y tengo experiencia en limpieza y trabajo doméstico. —Resultaba obvio que necesitaba a alguien que lo ayudara durante las vacaciones—. Incluso puedo ser su asistente de compras. Dígame qué necesita y lo encontraré.

Una ligera sonrisa empezó a formarse en su rostro.

—Realmente Chloe no te ha contado nada, ¿verdad? Por desgracia, tampoco me ha hablado mucho de ti. Solo dijo que tenía una amiga que tal vez podría ayudarme. ¿Cómo diablos te llamas?

Mi nombre completo era un trabalenguas: Evangelina Guadalupe Morales. Decidí responder:

—Eva.

—No necesito una criada ni una asistente de compras. —Se le borró la sonrisa y de repente se le iluminaron los ojos con un fuego y una intensidad que resultaba ligeramente alarmante. —Necesito una prometida.

«Vale». Por primera vez en mi vida, me quedé prácticamente muda. Solo conseguí musitar dos palabras.

—¿Por qué?

—Mis razones son personales, y el puesto es temporal. Necesito estar prometido durante las vacaciones. Después de eso, ya no necesitaré tus servicios. —Me miró con gravedad—. Tienes que resultar convincente. Las primeras prioridades serán un fondo de armario y un cambio de imagen si decides que puedes aceptar el trabajo sin exigir nada más que lo que estoy dispuesto a pagar. Recibirás órdenes directas de mí y las cumplirás. Nadie más sabrá la verdad. ¿Entendido?

Oh, lo entendía perfectamente. Alguien le había hecho daño y quería que esa persona creyera que ya no le importaba, que había pasado página. Me percataba de que aquello no era un negocio para él. Tenía que aparentar estar comprometido porque era personal. «No debería hacer esto. No puedo hacerlo». Pero la oferta de dinero por limitarme a representar un papel durante un breve periodo de tiempo era increíblemente tentadora.

—¿De cuánto es la paga? —solté la pregunta antes de poder detenerme. Una mujer hambrienta es una mujer desesperada.

—Cincuenta mil. Veinticinco mil por adelantado y la otra mitad cuando se haya completado el encargo. —Su voz era seria y brusca.

Tragué con fuerza para intentar librarme del nudo que tenía en la garganta.

—¿Cincuenta mil dólares? —Me salió un graznido; probablemente se debía a la intensa conmoción que estaba experimentando. Una mujer como yo no veía tanto dinero junto en toda su vida. ¿Quién en sus cabales pagaba tanto dinero sólo para ajustar cuentas con una antigua amante?—. No puedo aceptar ese dinero. —Por desgracia, tuve que declinar su oferta. No era la amiga de Chloe, y tarde o temprano lo descubriría. Además, no podía aprovecharme de alguien a quien habían hecho tanto daño, aunque fuera un Walker. Tal vez estuviera hambrienta, pero mi maldita conciencia iba a dejar que pasara hambre.

—¿Cuánto? —Su respuesta fue sucinta y ligeramente enfadada. Nuestros ojos se encontraron cuando ladró la pregunta, haciendo que me sintiera desnuda, expuesta, y tal y como la impostora que era.

—Solo quería un trabajo —respondí sin respiración—. Quiero algo permanente. Esperaba poder conseguir un puesto en uno de sus complejos hoteleros. Trabajo duro y tengo algo de experiencia en trabajo doméstico.

No era mentira. Tenía experiencia en trabajo doméstico, hasta que perdí el trabajo poco después de empezar.

Todo lo que quería era escapar de mi vida pasada, trabajar en un empleo que pudiera proporcionarme unos ingresos estables y no volver a tener miedo.

Trace me miró como si no me entendiera en absoluto. Sus cejas se fruncieron y vi que el músculo de la mandíbula se le tensaba.

Finalmente, preguntó con voz ronca:

—¿Sólo quieres un trabajo de limpiadora?

Asentí lentamente. Quería un trabajo. Cualquier trabajo que fuera permanente. Trace Walker era el dueño de la empresa de complejos hoteleros más grande del mundo. Los Walker Escapes se conocían por ser magníficos; ofrecían una experiencia de lujo sin tener precios prohibitivos. Se habían deshecho de mí en mi último puesto hacía un mes. No podía pagar el alquiler, y estaba a un corto paso de volver a verme sin techo... otra vez. Un trabajo, cualquiera que fuera capaz de llevar a cabo, era lo que buscaba desesperadamente. Había acudido a Trace Walker por una razón, pero no era porque quisiera ser su prometida temporal.

Me contempló con cautela antes de responder.

—Podría enviarte a cualquier parte del mundo. Tengo complejos en todos lados.

—Lo sé. No me importa. Solo necesito trabajar, Sr. Walker. Por favor.

El tono de súplica en mi voz me molestaba, pero había superado el orgullo y estaba en modo de supervivencia. Mi futuro dependía de cómo saliera aquella reunión.

—¿No tienes familia? —sus ojos observaron si se producía alguna reacción.

—No. —Estaba siendo fiel a la verdad. «Si tuviera familia, no estaría aquí».

Cuanto más tiempo permanecía en silencio él, más nerviosa me ponía yo. Mi respiración se tornó rápida y superficial, y me dolía el pecho porque el corazón me latía tan rápido que temía que se detuviera por el esfuerzo.

Trace se reclinó en su silla y se pasó una mano por el cabello.

—Puedo conseguirte un trabajo. Siempre y cuando seas una buena empleada, tendrás estabilidad laboral en uno de mis complejos. Si me ayudas, te ayudaré. La mitad del dinero por adelantado, y después te colocaré donde haya una vacante cuando el encargo termine.

¿Tendría estabilidad laboral? Era algo que no había experimentado nunca. En cada trabajo, en todo momento en realidad, estaba preocupada. Incluso cuando tenía un puesto, me sentía desesperadamente temerosa de perderlo si alguien averiguaba mi pasado. ¿Estabilidad? No conocía el significado de esa palabra.

Me sentía tentada, muy tentada. Podría tener dinero en el banco sin temer un descubierto en la cuenta corriente. Podría comer, respirar. Sin embargo, sabía que no podía aceptar el acuerdo.

—No soy la amiga de Chloe —admití en bajo, tristemente.

Me había hecho ilusiones y estas se habían desplomado. No podía mentirle. Quería la huidiza protección de un trabajo estable, pero no sería posible si él no sabía la verdad.

Una pequeña sonrisa dividió su rostro.

—Lo sé. Me alegro de que lo admitieras tú misma. Por lo menos sé que eres honesta.

Me quedé boquiabierta de la sorpresa.

—¿Cómo lo sabías?

Trace se encogió de hombros.

—Chloe me dijo que su amiga era una asistente ejecutiva que posiblemente pudiera ayudarme durante las vacaciones. No creo que necesite un trabajo fijo. Sólo quería el dinero extra. —Hizo una pausa antes de añadir—: Tengo que reconocer que tienes coraje para acudir a mí directamente. De haber sabido que buscabas otro trabajo, te habría mandado a Recursos Humanos. Creía que eras la amiga de Chloe.

Fuera quien fuera Chloe, probablemente no salía con mujeres como yo.

—No tengo pinta de parecerme a alguien que pudiera ser su amiga, estoy segura.

—No, no la tienes. Ella nunca dejaría de ayudar a una amiga si la viera desesperadamente necesitada. Chloe es una antigua Colter.

Lo miré sorprendida.

—¿La familia Colter de Colorado? ¿La familia del senador Colter? —No me interesaba mucho mantenerme al día de la actualidad, pero probablemente no había ni una sola persona en Colorado que no conociera al acaudalado clan de los Colter—. Definitivamente, no sería amiga de una multimillonaria —farfullé en voz baja. Tal vez viviera en el mismo estado que la familia Colter, pero estaba a un mundo de gente como ellos.

—¿Vas a aceptar mi oferta? —la voz de Trace volvió a sonar formal.

Me detuve durante un momento. A pesar de que necesitaba el dinero desesperadamente, la verdad era que debería contarle todo, pero la idea de aquella estabilidad laboral tan huidiza me detuvo. El anhelo excedió mi sentido común. ¿Qué importaba ahora? Había conseguido lo que había ido a buscar. Si llegaba la hora en que tuviera que contárselo todo, al menos habría hecho un trabajo por el que me pagarían. Y me había hecho la promesa silenciosa de no decepcionarlo.

—Haré lo que quiera si me promete que me mandará a un puesto de jornada completa después. Tal vez necesite ayuda para elegir ropa un poco mejor si quiero ser convincente como su interés amoroso. —No tenía ni idea de qué llevaban actualmente los ricos.

Tenía unas ganas locas de reír ante la idea de significar algo para aquel hombre magnético, atractivo a más no poder e increíblemente rico.

¿Una rata callejera mestiza con una historia como la mía? ¡No podía estar pasando!

—Necesitarás algo más que ropa —observó de manera crítica—. Y tendrás que aceptar todo el dinero que te he ofrecido y el trabajo. Lo necesitarás para empezar en un puesto nuevo.

Su tono autoritario hizo que un escalofrío me recorriera la columna. Por desgracia, tenía razón. Tendría que encontrar un sitio nuevo donde vivir y cubrir los gastos del viaje.

—La mitad por adelantado y el trabajo. —Haría una concesión.

—Todo —exigió tercamente, casi con enfado.

Mirarlo era peligroso, pero me enfrenté a su mirada fulminante e imponente con la misma determinación, para lo que me iba a servir... No iba a doblegarse. El tozudo tic del músculo de su mandíbula me decía que no iba a ceder.

No quería discutir y arriesgarme a perder mi oportunidad. Suspiré.

—Vale. —Si accedía, siempre podría coger lo que necesitara realmente y devolver el resto después, si el trabajo daba resultado—. ¿Es realmente tan importante para usted?

Asintió bruscamente, haciendo que un mechón de pelo cayera sobre su frente.

—Mucho.

—¿Podría decirme por qué, al menos?

—¿Tienes hambre? —Trace ignoró mi pregunta.

El estómago me rugió en el momento justo.

—Estoy hambrienta. —Decidí que ser sincera en casi todo suavizaría la situación con ese hombre. Quizás estuviera increíblemente bueno, pero era todo negocios. Además, parecía valorar la honestidad.

—Te llevaré a comer algo. Podemos hablar. —Apagó su ordenador de manera eficiente y se puso de pie.

Me quedé sin aire al contemplar su altura, su fuerza, y la figura ancha y masculina que llenaba tan bien su traje a medida.

«¿En qué estaba pensando? Nunca conseguiré hacerme pasar por la prometida de un hombre como él».

—Creo que eso no es buena idea. —Me puse en pie, pero sentía los pies clavados al suelo.

—Ambos tenemos que almorzar. Quiero comida —insistió—. ¿Cuánto tiempo ha pasado desde que comiste?

—Cuatro días, cinco horas y unos diez minutos —respondí automáticamente, porque en ese preciso momento sentía cada minuto de privación.

—¿Lo dices en serio? —La pregunta sonó a gruñido de disgusto.

—Totalmente.

—Vámonos —respondió bruscamente, rodeando el escritorio para sostenerme ligeramente por el brazo—. Caray, estás delgada, y parece que acabas de terminar el instituto. ¿Cuántos años tienes?

Resoplé.

—Tengo veintitrés años, difícilmente edad de instituto.

—Pareces una chavalilla —respondió Trace secamente.

—Puedo enseñarte mi carnet. —Sabía que parecía joven con el pelo recogido y sin maquillaje. Los cortes de pelo y el maquillaje eran lujos que no me podía permitir.

—No es necesario. Te creo. Pero vamos a cambiar tu aspecto. —Me empujó hacia fuera amablemente.

Yo me encogí de hombros. No me importaba lo que tuviera que hacer para representar el papel. Solo quería el trabajo prometido.

—Bueno.

Dejé que me condujera hacia fuera y me percaté aliviada de que doña Perfecta ya se había ido; probablemente había acabado por ese día.

—Vas a comer —respondió autoritariamente.

Mi primera reacción fue rebelarme porque me estaba dando órdenes, pero la reprimí. Ahora era mi jefe, así que tendría que hacer lo que quisiera durante una temporada. Como me gruñía el estómago, sabía que en realidad no tendría ningún problema con esa orden en concreto.

CAPÍTULO 2

Eva

—Este sitio es un antro —gruñó Trace mientras cogía una pinchada de una pila de comida mexicana de un enorme y rebosante plato de papel.

Dejé de engullir durante el tiempo suficiente como para mirarlo. Prácticamente había atacado mi burrito en el momento en que me lo pusieron delante, y desde entonces no había parado para coger aire. Mirando alrededor hacia las paredes vistosas del pequeño restaurante, tenía que reconocer que Trace Walker llamaba la atención como un pulgar dolorido. Me había preguntado dónde quería comer, y le conduje de vuelta a mi vecindario, una zona que no tenía los mejores restaurantes y estaba situada en uno de los barrios con mayores tasas de delincuencia de la ciudad. No pude evitar sonreír mientras observaba al maravilloso hombre frente a mí con su traje a medida, sentado en una mesa desvencijada cubierta con un mantel de plástico muy usado. No pertenecía a aquel lugar. Pero yo sí.

—Es la mejor comida mexicana de la ciudad. —Era un restaurante familiar, y la comida era fantástica. ¿Qué importaba si no había porcelana fina ni muebles elegantes?

Lo observé mientras prácticamente inhalaba el plato del día, con una mirada apreciativa en la cara. Asintió.

—Es buena. ¿Cómo has encontrado este sitio?

Me encogí de hombros.

—Vivo justo a la vuelta de la esquina.

Trace frunció el ceño y dejó su tenedor en el plato prácticamente vacío.

—¿En este barrio? Es peligroso, sobre todo por la noche.

Yo no reconocería la diferencia entre un barrio bueno y uno malo. Aquello era mi hogar.

—No está tan mal. —Sabía que sonaba a la defensiva, pero me fastidiaba que fuera un engreído con respecto a un barrio donde yo había vivido durante años.

—Te vienes a casa conmigo. Tu trabajo empieza ahora. —Me lanzó una mirada que decía que no cambiaría de opinión.

Yo suspiré.

—Bien puedo hacerlo. De todas formas me van a desahuciar. —Mi situación era grave, y no me gustaba contarle a un hombre como Trace Walker lo perdedora que era, pero ésa era la verdad.

Su expresión era tormentosa cuando cogió el tenedor y empezó a comer de nuevo.

—Llamaré a una empresa de mudanzas para que vayan a por tus cosas.

—No hace falta. Puedo subir un momento a recogerlas. No tengo gran cosa. —Aquello era un eufemismo, pero intenté mostrarme desenfadada. Todo lo que tenía cabía en una mochila. Vivía en un estudio escasamente amueblado con cosas que había conseguido gratis. La ropa que tenía entraba en mi mochila andrajosa.

—¡Dios! ¿Quién cuida de ti, Eva? ¿Dónde están tus padres? ¿Cuánto tiempo llevas por tu cuenta?

—Nadie cuida de mí. Soy adulta y estoy sola desde que tengo diecisiete años. Mi padre era un jornalero nacido en México que murió cuando yo tenía catorce años, y mi madre volvió a casarse y se mudó cuando yo tenía diecisiete. Ahora está muerta.

No quería pensar en mis padres, en mi familia. Todavía echaba de menos a mi padre, a pesar de que hacía prácticamente una década desde que faltaba. Mi madre era otra historia. La odiaba y el sentimiento era mutuo antes de que muriera. Tenía bastantes razones para albergar resentimiento y rabia contra mi madre. Haber hecho que mi padre y yo nos sintiéramos como una mierda en su zapato era solo una de ellas.

Trace posó el tenedor en su plato, ahora vacío.

—¿Así que eres mexicana?

—Mitad —corregí—. Mi madre era estadounidense y blanca. Yo nací aquí.

Para ser sincera, habíamos viajado mucho en Estados Unidos hasta que mi padre murió. Él iba donde había trabajo en las granjas, y mi madre y yo íbamos con él. Mamá se quejaba constantemente de la vida sucia y miserable que le proporcionaba mi padre, pero él siempre había trabajado largas y duras jornadas en el campo para alimentarnos.

A veces me preguntaba por qué mi madre se había casado con mi padre. Mi infancia no fue más que escucharla criticándole por su pobreza. Sin embargo, mi padre nunca dejó de intentar complacerla.

Por desgracia, él nunca la hizo feliz, ni siquiera cuando murió intentando mantener a nuestra familia intacta. Ella estaba amargada porque mi existencia la mantenía atrapada en el mismo lugar, hasta el día en que se marchó buscando una vida diferente y dejándonos atrás a mí y, por lo visto, todos aquellos malos recuerdos.

Mi padre me había querido. Mi madre me había odiado. Tal vez yo hubiera hecho las paces con el hecho de que no era responsable de la infelicidad de mi madre. Pero, en ocasiones, sus palabras amargas todavía me acosaban.

—¿Por qué te dejaron sola cuando tu madre volvió a casarse?

La pregunta de Trace hizo que me sintiera incómoda.

—Yo ya era adulta, iba a graduarme del instituto. Ella ya había cumplido sus obligaciones conmigo.

Los ojos de Trace se volvieron glaciales.

—Una chavala de diecisiete años viviendo aquí no está preparada aún para vivir su vida.

Por lo que parecía, mi madre pensaba de otro modo. Me había dejado con algo más que facturas pendientes y una notificación de desahucio.

Miré al hombre que me defendía, y toda la rabia mal dirigida que había sentido hacia los Walker se desvaneció. Lo que había ocurrido no tenía nada que ver con la familia Walker, sino que todo tenía relación con una sola persona: mi madre.

—Salí adelante. No importa. —Nadie se había preocupado nunca lo suficiente por mí como para enfadarse realmente porque mi vida hubiera sido difícil. Sin embargo, por alguna razón, no quería la lástima de Trace.

—A duras penas —farfulló Trace mientras se levantaba—. Vámonos de aquí.

Me metí en la boca lo que quedaba de mi burrito mientras observaba cómo pagaba la cuenta y le ofrecía a la camarera una propina generosa y una sonrisa carismática.

«Dios, es encantador cuando no está gruñendo». Miré cómo hacía cumplidos a la camarera hispana en un español fluido, haciéndole saber lo mucho que había disfrutado de la comida. De alguna manera, no me sorprendió que hablara una lengua extranjera a la perfección. Parecía el tipo de tío que lo hacía todo bien.

Aunque, al ver su plato vacío frente a mí, pensé que probablemente estuviera diciendo la verdad sobre gustarle la comida, a pesar de que obviamente no quedó impresionado con el ambiente.

Me lanzó una mirada mientras yo seguía masticando el último bocado de mi burrito. Estaba llena, pero no iba a dejar un pedazo de comida en el plato ni de broma. Cuando una persona no sabe cuándo volverá a comer, dejar comida cuando la hay parece casi criminal. Tragué con fuerza mientras sus brillantes ojos verdes me instaban a moverme. Trace extendió la mano y dudé durante un instante antes de estirar el brazo y agarrarme. Me puso en pie con un solo tirón de su fuerte brazo, que estaba unido a un cuerpo muy duro.

Me quedé sin respiración al sentir su palma acariciando la mía y haciendo que me estremeciera de ansias por todo el cuerpo. ¿Cuánto tiempo había pasado desde que tuve la intimidad de un simple roce? ¿Cuánto había pasado desde que alguien me mirase con toda su atención?

Me sentí aliviada y decepcionada cuando apartó la mirada y empezó a tirar suavemente de mí hacia la puerta.

De vuelta en su elegante deportivo negro, le indiqué la dirección hacia mi casa, avergonzada cuando le conduje por la escalera ruinosa hasta mi apartamento en el segundo piso.

No hizo ningún comentario mientras yo recogía mi ropa y dejaba la llave en la pequeña encimera de la cocina.

—Más tarde arreglaré cuentas con el casero —recalcó con el brazo apoyado contra el marco de la puerta, esperando.

—Vas a pagarme. Yo me encargaré. —Soné a la defensiva, pero no podía evitarlo. No quería que se encargara de mi casero ni de ninguna de mis otras responsabilidades.

—Ahora estas trabajando. ¿No he dicho que sigues mis órdenes? —Su voz era ronca y firme.

—No cuando se trata de mi vida personal. —Estaba empezando a enojarme.

—Este trabajo *es* personal.

Me colgué la mochila sobre el hombro y lo fulminé con la mirada.

—Mira, quiero este trabajo. Lo necesito. Pero tú mismo has dicho que esto eran estrictamente negocios. Aparte de un trabajo y la paga, no tienes derecho a meterte en mi vida. Enséñame lo que quieres que sepa, cómo quieres que actúe, cómo quieres que vista, y lo haré. Pero dirigir el resto de mi vida no forma parte del trato.

—¿Y si pienso que necesitas que alguien dirija tu vida? —Su pregunta era hosca—. Parece que hasta el momento no te ha ido tan bien haciéndolo por tu cuenta.

La rabia afloró a la superficie cuando pensé en cada trabajo sucio y difícil que había tenido en mi corta vida laboral. Sobreviví como pude.

—¿Y tú que coño sabes de supervivencia? —escupí—. Como si realmente entendieras cómo es ser una mujer como yo. Me he dejado el culo desde que tenía edad para trabajar. ¿Crees que quiero ser así? ¿Crees que quiero tener que suplicar trabajo y comida? —Inspiré profundamente, agitada, intentando controlar la rabia—. No cabe duda de que a ti te dieron todo lo que necesitabas y de que fuiste a una universidad de la Ivy League. Estoy segura de que empezaste con al menos un par de miles de millones de dólares; un comienzo muy difícil para ti. —Mi voz fue en aumento y desbordaba sarcasmo—. Estoy segura de que nunca te has preguntado si sería mejor estar muerto que seguir intentando sobrevivir.

Ya había ido por ese camino tantas veces que no recordaba cuántas había sopesado el hecho de que ni un alma me echaría de menos si yo dejara de existir.

Trace se movió tan rápido que no lo vi venir. Me agarró por los hombros y tiró mi mochila al suelo, para después sujetarme contra la pared junto a la puerta.

—¿Alguna vez te has preguntado eso, Eva?

No hablé. Seguía impresionada por el susto de sus movimientos rápidos como el rayo.

—Dímelo, joder. ¿Has pensado en eso?

Sus ojos parecían un ardiente jade líquido cuando se clavaron en los míos.

Hiperventilando, lo miré desafiante, y de repente me atraganté con un sollozo de cansancio. Estaba agotada, agotada de matarme solo para seguir con vida, pero la superviviente que había en mí nunca dejaría de luchar.

Cogió un puñado de mis rizos negros; se me había soltado el pelo durante la disputa.

—Te lo has planteado —concluyó con mi falta de respuesta—. No vuelvas a pensar así. Nunca. No me gusta oírte hablar así.

Al responder se me escapó una lágrima solitaria.

—Lo siento, Sr. Walker, pero no todo gira alrededor de lo que le gusta ni de lo que quiere. La vida es dura, y así sigue siendo.

Había aprendido que aunque fuera posible sobrevivir, la felicidad podía ser huidiza y fugaz. Cuando mi padre vivía, fui feliz durante las raras ocasiones que tuvimos juntos, solo nosotros dos. Había probado un pedacito de felicidad durante aquellas salidas. Aparte de eso, tenía poca experiencia con la alegría.

—Nunca debería haber sido tan difícil para ti, Eva. Tienes razón; nací privilegiado, pero la satisfacción puede ser igual de difícil para todo el mundo. La vida es dura, independientemente de cuánto dinero tengas. —El tono de Trace era plano mientras seguía mirándola fijamente, pero la ira seguía ahí—. Simplemente, los problemas son distintos.

Medité un momento sobre sus palabras al bajar la cabeza jadeando con ansiedad contra su pecho, preguntándome si no había algo de cierto en ellas. Era verdad que Trace Walker no tenía que luchar para conseguir dinero, pero distaba mucho de ser feliz. Detrás de su ira, sentí su dolor. Tal vez tuviera razón. Tal vez la vida no fuera perfecta solo porque tuviera comida que llevarse a la boca, vehículos increíbles que conducir y ropa a medida que ponerse. Aun así, él nunca se había puesto en mi lugar, con mis zapatillas desgastadas, ni yo había estado en el suyo, con sus mocasines a medida.

—Hagamos una tregua —dije sin aliento—. Venimos de dos mundos distintos. Nunca nos entenderemos.

Necesitaba zafarme de su abrazo. Empezaba a embriagarme con su aroma masculino y a embelesarme con su mirada feroz. Era grande, fuerte, y yo tenía que inclinar la cabeza para mirarlo a la cara.

Se echó atrás ligeramente, sólo para poner una mano dulcemente a cada lado de mi rostro antes de decir con voz ronca:

—Creo que podemos comunicarnos a la perfección.

Abrí la boca para pedirle que me soltara, pero fue demasiado sigiloso y rápido, y bajó la cabeza para capturar mi boca en un encuentro exigente que me dejó indefensa y aturdida.

Ladeó mi cabeza para obtener mejor acceso a mi boca, donde su lengua ganó la entrada fácilmente y exigió más.

«Más. Más. Más».

Mi corazón titubeaba mientras rodeaba su cuello con los brazos. Mi cuerpo despertaba a medida que él se apretaba contra mí y empujaba más profundamente en un beso ardiente y arrasador. Sentí que empezaba a sumergirme en su aroma, en su sabor; quería acercarme más, sentir que invadía mis sentidos hasta lo más profundo.

Apartó la boca de un tirón, maldiciendo.

—¡Joder! No debería haber hecho eso.

Trace sonaba más enfadado consigo mismo que conmigo. Apoyó la frente en mi hombro, con la respiración entrecortada. Mi corazón siguió latiendo a la carrera al darme cuenta de que tenía su mano en el culo, presionando mi sexo contra él, y de que su otro brazo me rodeaba la espalda.

No se movió para soltarme ni yo intenté zafarme. Saboreé la sensación de él, con mi cuerpo apretado firmemente contra su figura, más grande. Inspiré y dejé que su perfume fluyera en mi interior como un bálsamo calmante para mi alma.

Finalmente, pregunté:

—¿Por qué has hecho eso?

—Porque no he podido controlarme. ¡Joder! —Se echó atrás y soltó su abrazo—. Yo no pierdo el control. Nunca.

Sonaba enojado y, tras esa rabia, ligeramente confundido.

Yo nunca había sido objeto de deseo de ningún hombre, y era un poco embriagador. Aun así, no llegaba a entender qué había visto en mí. Probablemente, Trace tenía a la mayor parte de la población femenina a su disposición. ¿Por qué iba a perder el tiempo conmigo cuando podía follarse a una supermodelo?

—El sexo no forma parte de este acuerdo —le dije con voz temblorosa; parte de mí deseaba que sí formara parte. Pero estaría mal por muchísimas razones. Me gustara o no, aquello tenía que limitarse a un negocio para mí. Cualquier otra cosa podría resultar un desastre, y ya había tenido suficientes sueños rotos e ilusiones hechas añicos.

Pasándose una mano frustrada por el pelo, respondió:

—Ya lo sé. No estoy buscando a una prostituta, joder.

Reculé como si me hubiera dado un golpe.

—Nunca he hecho... eso.

Su mirada feroz se cruzó con la mía, y sus ojos me devoraron.

—Sé que no lo has hecho. —El tono de Trace era seco y ligeramente dolido—. No voy a contratar a una puta para que sea mi prometida. Independientemente de lo bien que representara el papel, mis hermanos averiguarían la verdad. Como he dicho, necesito a alguien convincente.

—Tengo un papel que representar, pero no voy a acostarme contigo.

Oh, pero vaya si quería hacerlo. Si eso no era más que una pequeña muestra de Trace, yo quería un festín. Por desgracia, no podía atiborrarme. No de él.

Una media sonrisa engreída se formó en sus labios.

—Vale, pero aun así voy a intentar hacer que me desees. Te lo garantizo.

Yo ya lo deseaba. Era físicamente imposible que mi cuerpo no respondiera a un hombre como él.

Me llevé las manos a las caderas.

—¿Por qué?

—Porque te deseo, Eva. Quiero meterte la polla tan adentro que no te acuerdes ni de tu nombre, y que me supliques que te haga correrte. —Habló con un tono directo, pero sus ojos seguían siendo fuego verde.

Cerré los ojos con fuerza; no quería visualizar esa escena. Mi esfuerzo fue infructuoso.

—Eso no va a suceder. —Volví a abrir los ojos.

—Ya veremos. —Trace seguía sonriendo. Su gesto era decididamente petulante.

—Besa mi culo —se me escapó un insulto en español antes de poder evitarlo.

—Desnúdate y te besaré algo más que ese precioso culo —prometió peligrosamente en inglés.

«¡Joder!». Ni siquiera podía insultarlo en español porque entendería cada palabra.

Al recordar su fuerte apretón sobre mi trasero me puse colorada cuando el sexo se me contrajo con fuerza, como si el cuerpo me suplicara que le dejara tomarme. Él la tenía dura; su polla presionaba contra los confines de sus inmaculados pantalones de traje.

—Eso no va a suceder. —Intenté sonar firme, pero a mis oídos, resulté incluso menos convincente que la última vez que había dicho esas mismas palabras. La verdad era que no estaba segura de que haría si me sacaba de mis casillas.

Por suerte, no tuve que averiguarlo. Se echó mi mochila al hombro con facilidad; una carga que casi me había hecho desmoronarme bajo el peso.

Trace no dijo ni una palabra más mientras me indicaba que saliera por la puerta de mi apartamento.

—¿Tienes otra llave? —me miró de manera inquisitiva.

Rebusqué en el bolsillo del mechero de la mochila, saqué la llave de repuesto y cerré la puerta del apartamento. Después puse la llave en el bolsillo trasero de mis vaqueros.

—Voy a divertirme sacándola de ahí para ajustar cuentas con tu casero —dijo Trace con una sonrisa en la voz.

Al instante, volví a meterme la mano en el bolsillo, cogí la llave y la metí por debajo de la puerta de inmediato.

—No, no lo harás. —Le sonreí con superioridad.

—Eso no va a detenerme, pero se carga toda la diversión — dijo encogiéndose de hombros.

La mirada de Trace era seductora, y me costó trabajo resistirme a un Trace sonriente. Tenía la sensación de que era algo que no hacía a menudo.

—Si lo haces, renunciaré.

—No, no lo harás. —La certeza en su tono de voz era irritante.

«¡No!». Probablemente no lo haría. Ahora que había perdido el apartamento, necesitaba un trabajo para sobrevivir. Me limité a levantar la nariz y puse los ojos en blanco. Me alejé dando pisotones al bajar por la escalera decrépita.

Él iba justo detrás de mí.

—Tu temperamento de latina es muy caliente. —Habló con voz áspera.

Resoplé alzando la nariz aún más en el aire.

—Todavía no has visto lo caliente que puedo llegar a arder. —No solía perder los estribos a menudo. No podía permitirme darles rienda suelta cuando me daba la gana. Pero cuando estaba verdaderamente enfadada, podía montar en cólera con mucho más temperamento de lo que acababa de ver.

Debería haberme esperado su réplica; debería haber sabido que aprovecharía cualquier oportunidad para hacer de mi comentario desafiante algo sexual. Tendría que medir más mis palabras cuando estuviera cerca de él.

—No puedo esperar —respondió en voz baja.

Puesto que no tenía respuesta, me apresuré a bajar las escaleras; el sonido de la risa malvada de Trace me seguía.

«¡Cabrón!».

Parte de mí disfrutaba con sus provocaciones y con la tensión sexual que fluía pesadamente entre nosotros. Pero no podía permitir que continuara. Yo sabía algo que él no, algo que detendría al instante aquella parte en ciernes de nuestra relación que ninguno de los dos parecía capaz de controlar.

«Tiene derecho a saberlo».

Giré sobre mis talones al llegar al final de la escalera; casi choqué con Trace cuando llegó a la planta baja.

—No podemos hacer esto. —Mi voz sonó triste e inflexible.

—Me siento atraído por ti, Eva —respondió sinceramente.

—No deberías estarlo.

—¿Por qué no? Eres una mujer atractiva.

Inspiré profundamente, incapaz de mirarlo a los ojos. Miré la pared sucia con pintura blanca desconchada que había detrás de él.

—Hoy he ido a verte para pedirte un favor. Estaba desesperada. No me conoces, pero yo sí sé de ti. Mi madre me dejó para casarse con tu padre. Aunque no volví a verla nunca ni jamás nos encontramos, seguimos estando emparentados por matrimonio. Técnicamente, eres mi hermanastro.

CAPÍTULO 2

Trace

Debería haber sabido desde el momento en que puse los ojos sobre ella que Eva Morales era problemática. No, corrijo... De hecho, se llamaba Evangelina Guadalupe Morales, algo de lo que me había enterado por los papeles que firmé para su casero.

Se cabreó bastante cuando se enteró de que había pagado su alquiler y, por lo que yo sabía, seguía enfadada. Yo estaba sentado en el despacho de mi casa, investigando después de que se marchara echando humo en dirección a su habitación más o menos una hora antes, con la nariz erguida y humo prácticamente palpable saliéndole por las orejas.

Ya he reconocido para mis adentros que me gustaba enfadarla sólo para ver sus intensas reacciones. Pero hacía maravillas con mi polla. Tal vez fuera retorcido y enfermizo, pero cuanto más se acaloraba, más quería subyugarla y utilizar aquella pasión que albergaba de una manera mucho mejor y más satisfactoria para ambos.

«¿Que si me importa que se enfade? No».

Me había acostumbrado a conseguir lo que quería y, por alguna razón que desconocía, necesitaba cuidar de ella. No se debía a que nos hubiéramos encariñado tontamente porque se suponía que su madre se había casado con mi padre. Lo que estaba más claro que el agua era que alguien tenía que ayudar a Eva a dirigir su vida, y yo ya había decidido que esa persona iba a ser yo. Mi deseo de hacerla sentirse feliz y a salvo distaba mucho de ser fraternal. Era una necesidad primitiva, mucho más íntima y desgarradora, una que ni yo mismo entendía del todo.

Por mi vida, no conseguía adivinar qué me atraía de ella, pero tenía la polla tiesa desde el momento en que la atisbé por primera vez, y así había seguido. Ella se había puesto una fachada valiente, pero el día anterior, en mi oficina, pude captar su incomodidad y sentir su vulnerabilidad. El deseo de desnudarla y clavarla contra la pared, en mi mesa o en cualquier otra superficie sólida me golpeó casi de inmediato. Sin embargo, a pesar de lo mucho que quería follármela, todos mis instintos insistían en que también debía... mantenerla a salvo.

Aquellos dos deseos primitivos libraban una guerra en mi interior, y ni siquiera estaba seguro de cuál ganaría.

El hecho de que técnicamente fuera mi hermanastra no había atenuado mi deseo de follármela hasta que gritase mi nombre durante el clímax, en absoluto. Tal vez aquello demostrase que era un perfecto gilipollas, pero no me importaba.

No estábamos ni remotamente emparentados por sangre, y yo no sabía que mi madrastra tenía una hija viva. Claro que, ¿cuánto sabíamos ninguno de nosotros acerca de Karen? Había muerto casi de inmediato, junto a mi padre, después de su boda. El avión privado que llevaba a mi hermano Dane, a mi padre y a su nueva esposa, la madre de Eva, se había estrellado. Dane, mi hermano pequeño, fue el único sobreviviente.

Dane apenas salió con vida del accidente, y mi preocupación por él era la única razón por la que tenía que, por la que necesitaba, estar comprometido con una mujer para Navidades. Mi hermano más pequeño todavía tenía cicatrices, tanto por dentro como por fuera, del casi fatal accidente. No había mucho que no estuviera dispuesto a hacer por él para impedir que cayera por el abismo.

El timbre de un teléfono sobre la mesa me sacó de un susto de mis pensamientos. Mi mirada se dirigió al identificador de llamadas.

«Sebastian».

El cabrón no me había llamado desde hacía más de un mes, probablemente para evitar la bronca que sabía que le echaría si llamaba. Mi hermano mediano estaba desatado y salía con una panda de perdedores. Había intentado darle tiempo para encontrar su propio camino después del accidente que mató a nuestro padre, pero aunque hacía varios años que había terminado la universidad, parecía que no tenía sentido de la moral.

Levanté con impaciencia el teléfono que sonaba.

—¿Dónde coño has estado?

—Bueno, joder, yo también te hecho de menos, hermano —respondió Sebastian con sarcasmo.

«¡Mierda!». Me daba perfecta cuenta de que estaba borracho o fumado, más allá del punto donde podía siquiera hablar con él.

—Trabajando. Algo por lo que tú no pareces sentir ninguna inclinación. Mi tono era cortante y de enfado.

Estaba cabreado, y ya me había hartado de poner excusas por Sebastian. Tenía que crecer de una puta vez.

—¿Por qué debería hacerlo cuando te tengo a ti para ser el hermano perfecto y responsable que lo tiene todo bajo control? Eres el puto amo, hermano. No hace falta que haya dos en la familia. —La voz de Sebastian sonaba ligeramente pastosa y llena de un sarcasmo hostil.

Sebastian no siempre había sido así, pero las ocasiones en las que parecía inclinado a irritarme se estaban volviendo cada vez más frecuentes.

—¿Cuándo vienes para las vacaciones? Dane estará aquí la semana antes de Navidad. —No me apetecía enzarzarme con él en una batalla verbal, no cuando estaba así. Era inútil.

Mi hermano pareció espabilarse un poco.

—Llegaré más o menos a la vez. Hace tiempo que no veo a Dane.

Relajando el puño tenso que apretaba con fuerza sobre el escritorio, recordé que hubo un tiempo en que los tres estábamos muy unidos. Después del accidente, las cosas nunca volvieron a ser iguales. Dane era profundamente distinto, Sebastian se había alejado de todos en la familia, y yo me había convertido en un auténtico gilipollas porque tenía que dirigir el negocio de mi padre, algo para lo que no había estado preparado a una edad tan temprana.

—¿Vas a traer a alguien? —Tenía que hacer arreglos para dormir, pero principalmente sentía curiosidad sobre si Sebastian iba en serio con alguna mujer. Teniendo en cuenta las compañías con las que se juntaba últimamente, esperaba que no lo fuera.

—No. Vuelo en solitario. —Sebastian se detuvo durante un momento antes de preguntar—: ¿Y tú? ¿Has encontrado a una mujer que aguante tu cara malhumorada durante más de una hora?

Hacía no demasiado tiempo, le habría contado todo a Sebastian. Ahora, no confiaba en él. Aquellos días estaba muy voluble, y lo último que necesitaba era que Dane se enterase de la verdad.

—De hecho, sí. Felicítame. Me he comprometido recientemente.

Esperé porque la línea seguía en silencio. Sabía que Sebastian seguía al teléfono, pero no hablaba.

Finalmente, respondió.

—¿Te has comprometido? ¿Y no has dicho nada? Ni siquiera sabía que estabas viendo a alguien.

«¡Joder!». Ahora me sentía culpable porque había un dolor latente en la voz de mi hermano. Aquello me hizo sentir como un completo imbécil, pero había más en juego que los sentimientos de Sebastian.

«No puedo decírselo. Es demasiado impredecible».

—Ha sido una relación relámpago. Te gustará —le dije incómodo, a sabiendas de que era un mentiroso de mierda cuando se trataba de cuentos con mis hermanos. La mayor parte de la gente no conocía al yo detrás de mi actitud profesional. Joder, yo ya casi ni me reconocía.

—¿Cómo es? ¿Dónde la conociste? ¿La conozco? —Sebastian se estaba espabilando enseguida.

—Simpática. No. Y no, no la conoces. —Respondí a sus preguntas con rapidez, deseando que dejara estar el tema.

—¿Cómo se llama? —insistió Sebastian.

—Eva. —Decidí mantenerlo sencillo. Iba a conocerla pronto, y me sentía incómodo hablando de ella.

¿Importaba si técnicamente Eva era su hermanastra? ¿Deberían saber la verdad? Yo no veía por qué tendrían que saberla. Nunca lo habían sabido y nunca la había conocido. No era de nuestra sangre, así que no haría mucho daño mantener en secreto nuestros endebles lazos. Hostia, aún ni siquiera había comprobado su declaración, pero ya estaba trabajando en eso. Lo que sí sabía era que aunque tuviera pruebas de que realmente era nuestra hermanastra, no se lo diría. Dane nunca podía saber la verdad.

—¿La quieres? —Sebastian sonaba desconcertado.

«¡Dios!». Odiaba mentirle, a pesar de que llevaba tiempo siendo un puto imbécil.

—Sí. —La palabra se escapó de mi boca con facilidad, una completa mentira con una sola palabra.

—Joder, tiene que estar buena.

—Es inteligente, buena y honesta. —Dije aquellas palabras sin siquiera pensar, a sabiendas de que era la verdad. Eva era todo lo que muchas mujeres de nuestros círculos no eran. Tal vez por eso sentía aquel instinto de mil demonios de follármela y protegerla a la vez.

—Me doy cuenta de que no has dicho que está buena —farfulló Sebastian.

—Como la toques, te juro que te dejo en el hospital —gruñí, incapaz de detener visiones de Sebastian actuando de manera impropia con Eva.

—Hostias, hermano. Creo que de verdad estás enamorado. Y debe de ser realmente guapa. Puede que sea un gilipollas, pero sabes que nunca tocaría a la mujer de otro, especialmente a la de mi hermano. —Había algo de ira en la voz de Sebastian.

Sí, lo sabía. Sebastian tenía buenas razones para ponerse irritable con el tema.

—Lo sé. —«Pero cuando estás intoxicado, eres una persona diferente del hermano que conocía y en el que confiaba». No añadí aquel pensamiento a nuestra conversación.

—¿Va a traer Dane a Britney?

Me sentí asqueado cuando mencionó su nombre, no porque significara una mierda para mí, sino porque, de hecho, Dane iba a traer a la mujer que una vez me había importado. Ninguno de mis hermanos sabía que habíamos sido íntimos, en el sentido bíblico, ni por qué ahora fingía estar locamente enamorada de Dane. Yo sabía que no quería a mi hermano porque era incapaz de amar. Britney era una aprovechada y una manipuladora.

—Va a traerla —respondí llanamente.

—Esa si que es una mujer *sexy*. —Sebastian silbó con admiración.

Britney era guapa, pero ahora era tan atractiva para mí como una serpiente venenosa.

—En la superficie, tal vez.

—¿Estás celoso? —la voz de Sebastian sonaba más incrédula que burlona.

—No. Pero no confío en que esté con Dane por las razones adecuadas. —Quería que Sebastian viera la verdad por sí mismo, puesto que yo no podía contársela.

—¿Crees que lo está embaucando? ¿Que sólo le importa su dinero? —La voz de Sebastian se volvió más clara y ligeramente dubitativa.

—Supongo que lo averiguaremos con el tiempo. —Fui evasivo porque tenía que serlo—. Pero no me fío de ella.

—Trace, ¿sabes algo que yo no sepa?

—No. Es sólo un instinto —mentí.

—Lo último que necesita Dane es más dolor —farfulló Sebastian—. Pero tiene sentido. Dane está lleno de cicatrices, hará falta una buena mujer que mire más allá de eso para ver quién es realmente.

Deseaba que Sebastian no estuviera diciendo la verdad, pero sí que lo estaba haciendo. Y Dane necesitaba una mujer mucho mejor que la chupasangres de Britney.

—Ya veremos qué pasa. —Mi hermano más pequeño era mucho mejor persona que yo y que Sebastian. Más amable, más dulce, o al menos lo había sido en el pasado.

Mi plan era sacar a Britney de la vida de Dane sin causarle ninguna pena, pero no estaba seguro de que eso fuera posible.

—Tengo que irme, hermano. Me he escapado de una fiesta, pero hay un buen *whisky* que me llama.

«¡Mierda!». Haría lo que fuera para evitar que Sebastian bebiera hasta el olvido. Me invadió una sensación de impotencia por la distancia física y emocional que había entre nosotros. No quería que condujera; no quería que se matara. Sí, era adulto y un gilipollas la mayor parte del tiempo, pero seguía siendo mi hermano.

—Sebastian, no tienes por qué hacerlo. ¿Dónde estás?

—No empieces con esas mierdas esta noche, Trace. Solo quería oír tu voz.

Lo último que quería era ser la voz de la conciencia de mi hermano o su guía moral. Joder, sabía que no era el más indicado. Solo quería que estuviera bien. Quería que todos estuviéramos bien.

La verdad era que yo también quería oír su voz y quería recuperar a mi condenada familia.

—Nos vemos en unas semanas. —Sebastian colgó y me quedé con muy pocas opciones aparte de esperar poder inculcarle un poco de sentido común cuando viniera.

Después de colgar el teléfono en el cargador con un golpe, frustrado, me levanté justo cuando sonaba el timbre.

Sonreí al caminar hacia la puerta, a sabiendas de que habían llegado más entregas; sabía que iba a volver a cabrear a Eva, si es que se había recuperado de la primera vez.

«Pensándolo mejor, no me importa. Prefiero verla enfadada que perdida, sola o asustada». Estaba más que dispuesto a preocuparme por Eva y sus protestas. Básicamente, sabía que ganaría yo. Siempre lo hacía.

CAPÍTULO 4

Eva

Me molestaba de veras que Trace Walker pensara que no era capaz de cuidar de mí misma. De acuerdo, tal vez lo pareciera desde su punto de vista, pero ahora que iba a tener un trabajo y la oportunidad de una vida mejor, estaría bien.

«Siempre y cuando no se entere...». Desterré el pensamiento negativo de mi cabeza bruscamente. «Ha hecho una promesa, y no la romperá. Espero».

Me disgusté cuando me dijo que se había encargado de mi casero después de haberle pedido que no lo hiciera. Ahora tenía dinero, con su cheque depositado con total seguridad en mi cuenta corriente. Era perfectamente capaz de resolver mis propios problemas.

También habíamos discutido por el dinero, pero él insistió en que cogiera la paga de veinticinco mil que me había ofrecido por adelantado, y finalmente decidí aceptarla. Podría devolverle lo que no necesitara una vez que aquella farsa hubiera terminado.

«De un modo u otro, ¡tengo que encontrar la manera de dejar de discutir con él! Tal vez si no fuera un gilipollas despótico tan arrogante, podríamos llevarnos bien».

Sonreí solo un poco, admitiendo para mis adentros que su arrogancia avivaba a mi temperamento. No era como si no hubiera conocido a hombres presuntuosos antes, pero ninguno exactamente como él. Incluso en sus momentos más pretenciosos y atrevidos, pensaba en mi bienestar. Aquello no me desanimaba precisamente, pero hacía que resultara condenadamente difícil odiarlo.

Trace Walker estaba acostumbrado a que lo obedecieran. Obviamente llevaba en los genes ser un mandón.

—Estás increíble, cielo —canturreó una voz de mujer, la voz de mi nueva estilista.

«Por Dios, si es que hasta tengo una estilista».

Claudette era superficial, pero bastante agradable para tenerla cerca. Supuse que probablemente tenía unos sesenta años, pero iba perfectamente arreglada, ni un pelo oscuro fuera de descolocado. Lucía una apariencia de empresaria elegante que yo esperaba poder lograr algún día.

Dejó de manosear el vestido rojo de cóctel que estaba probándome, y giré para mirarme en el espejo de cuerpo entero de la habitación que me había asignado; seguía sin acostumbrarme a estar en un lugar tan inmenso y elegante.

Había pasado la primera noche en la extensa casa de Trace deambulando deslumbrada, casi perdiéndome en el proceso, antes de por fin caer rendida en la bonita cama trineo de aquella habitación, espacio que Trace me había asignado con indiferencia como mi dormitorio de momento.

Me quedé inmóvil cuando capté mi reflejo, mirando una imagen que apenas reconocía.

Me habían cortado el pelo con un estilo arreglado que dejaba que se rizara a la altura del hombro. Claudette había hecho algún truco de magia con maquillaje cuidadosamente aplicado, y me explicó cómo hacerlo yo misma. El vestido, que terminaba con un vuelo sofisticado por debajo de la rodilla, era de manga larga ajustada que se pegaba a mis brazos como una segunda piel, y dejaba mi espalda prácticamente desnuda. No era un estilo que estuviera acostumbrada a llevar, y nunca me había sentido tan desnuda con algo de manga larga.

—Es... bonito. —Apenas podía contenerme de quedarme boquiabierta.

Parecía una mujer distinta; me sentía como una mujer distinta.

—Estás preciosa, Eva. —Trace habló con un tono grave y ronco desde la puerta de mi habitación.

Me volví hacia él; mis ojos se encontraron con los suyos después de que me hubiera examinado cuidadosamente. Mi cuerpo empezó a arder bajo su mirada intensa.

—Gracias. Pero en realidad no creo que necesite tanta ropa. —Por poco me tropecé con los tacones altos a juego al alejarme del espejo para mirarlo de frente.

Me habían comprado un armario completo. Claudette iba a llevarse las cosas que no le habían gustado; por desgracia, le habían gustado demasiadas.

Trace miró a Claudette.

—Gracias. Creo que ya ha terminado aquí.

La mujer mayor asintió y empezó a caminar hacia la puerta, rodeando a Trace.

—Haré que mi personal recoja el equipo y la ropa que no sea adecuada más tarde, Sr. Walker. —Se fue a toda prisa, comprendiendo que la habían despachado.

Trace alzó una ceja.

—La ropa es parte del trato.

Apoyé las manos sobre las caderas.

—No tanta. ¿Dónde voy a llevar esta clase de vestido?

Él se encogió de hombros.

—A fiestas. Tengo una fiesta corporativa de Navidad a la que acudir este año, y necesito que vengas. Ya te dije que esto tiene que ser creíble.

Se me aceleró el corazón ante la idea de ir del brazo de Trace a cualquier evento. Solo estar en su compañía me ponía tensa.

—Todavía no me has dicho por qué.

Dejé ir mi rabia de antes, diciéndome que necesitaba tratar aquello como un trabajo.

Trace pasó a mi habitación que, quisiera añadir, era el doble de grande que mi estudio, y se sentó en la repisa extra grande de la ventana.

Me quité los zapatos de tacón por la punta de los dedos y me moví hasta la cama. Me senté en el centro de la colcha *beige* floral y crucé las piernas, tapándolas con la falda. Sentía que iba a decirme algo importante y permanecí en silencio.

Trace apoyó un hombro fuerte contra la pared.

—¿Sabes que tu madre y mi padre murieron en un accidente de avión?

Asentí. Sabía cómo había encontrado mi madre la muerte poco después de su boda con el padre de Trace.

—Mi hermano pequeño también iba a bordo del avión privado y sobrevivió... por poco. Estaba quemado y marcado, e incluso con cirugía plástica aún tiene cicatrices, por dentro y por fuera. —Se detuvo durante un momento y después continuó—. Se suponía que yo debía ir en ese avión con ellos, pero tenía exámenes finales. Iba a graduarme en la universidad. Tuve que marcharme tan pronto como terminó la ceremonia. Al igual que mi hermano mediano, Sebastian. Dane era el único que había terminado las clases y los exámenes porque estaba en otro colegio, así que iba a quedarse unos días más.

«Ay, Dios». Se me hizo un nudo en el estómago ante la idea de que Trace podría estar muerto en lugar de vivito y coleando. Lo miré boquiabierta, aún capaz de sentir su vitalidad y su energía vibrando en la habitación. También sentía su tensión.

—Te molesta no haber ido en ese avión. Te sientes culpable.

Trace no mostró las manos con su gesto, pero estaba lo bastante cerca como para ver un breve destello de dolor en su mirada.

—No deseo estar muerto —espetó—. Pero el hecho de que debería haber sido yo se me ha pasado por la cabeza.

Era tan responsable, estaba tan puñeteramente dispuesto a comerse el mundo.

—No habría marcado la diferencia.

Se le cerraron los puños y me lanzó una mirada irritada.

—¿Cómo lo sé? Tal vez podría haber sacado a Dane de los restos más rápido; tal vez podría haber evitado las cirugías a las que ha tenido que someterse, tantísimas que he perdido la puñetera cuenta.

Mi corazón lloraba por el hombre que creía que podía evitar todos los males del mundo. Yo había aprendido a elegir mis batallas. Obviamente, él no lo había hecho.

—Y tal vez estarías muerto. Quizá hubieras bloqueado el paso a las personas que lo sacaron. Todos los demás que iban en el avión murieron aquel día, incluyendo el piloto. ¿Crees que eres invencible? —le espeté en respuesta, intentando hacer que viera lo que seguramente era cierto: hubiera estado o no en ese avión, no habría cambiado el resultado.

Torció los labios, probablemente por mi tono enfadado, pero no estaba segura.

—Así que crees que mi cuerpo muerto también lo habría matado, ¿no?

Me encogí de hombros.

—Podría haber entorpecido el paso.

—Es una idea reconfortante. —Su tono era sarcástico, pero en él también había un rastro de diversión.

Sin querer pensar en que podría no estar vivo, insté:

—Sigue.

Trace dejó escapar un suspiro bajo, resignado.

—Dane ha sufrido mucho, emocional y físicamente. Recientemente ha empezado a salir con una mujer a la que conozco bien. Ella está saliendo con él para vengarse de mí, y espera que yo vuelva con ella. Terminé nuestra relación hace más de un año porque no estaba satisfecha solo conmigo. Iba de cama en cama con todos los hombres ricos de Colorado.

—Qué estúpida —dije sin pensar. Pero, en serio, por qué iba a necesitar una mujer a otro hombre cuando tenía a Trace Walker—. Lo siento. Estoy segura de que tú le eras fiel.

Me sonrió y se me derritió el corazón. Asintió y dijo:

—Lo era. No estaba preparado para comprometerme demasiado, pero llevábamos saliendo bastante tiempo como para que ella me convenciera finalmente de llevar una relación monógama. Es una pena que se refiriera solo a mí.

—¿Todavía la quieres? —Me sudaban las palmas y el corazón empezó a martillearme. No estaba segura de querer su respuesta.

—En ningún momento he dicho que la quisiera. Solo he dicho que se suponía que teníamos una relación exclusiva. Yo no amo, Eva. Satisfago una necesidad física con las mujeres con las que salgo.

Resultaba bastante obvio que hacía mucho más que eso. Vaya, tal vez no hubiera estado enamorado nunca, pero la manera en que se preocupaba por su hermano me decía que era capaz de amar.

—Así que, ¿me necesitas como señuelo?

—Te necesito para mantenerla lejos de mí. Dane quedaría devastado si supiera que todo lo que Britney quiere son las cosas que puede comprarle con su dinero, y que se está vengando de mí.

—Tal vez ahora le importe de verdad. Quizás las cosas hayan cambiado —dije, esperando que Britney hubiera tenido una epifanía. ¿Cómo podía una mujer tener tan poco corazón como para utilizar hermano contra hermano, especialmente a uno que había sufrido tanto como Dane?

—Me llamó hace unas semanas para decirme que esperaba recuperarme en Navidad. No ha cambiado. —Su tono de voz era llano y desesperanzado—. Quiero que Dane la deje. Es una víbora. Pero no por haberme tirado los trastos. No quiero que se resienta conmigo ni que se entere de que yo me la follé primero.

Odiaba aquel pensamiento, la idea de que Trace pudiera haber bailado el mambo horizontal con cualquier fémina. Por desgracia, estaba segura de que había bailado muchos bailes de habitación.

—Haré lo mejor posible —le prometí—. Pero vas a tener que ayudarme. Fingir que te importo.

—No tendré que fingir, Eva. Si no quisiera que tuvieras una vida mejor, no te habría elegido a ti. Podría haber encontrado a alguien más, pero eras condenadamente perfecta. Eres muy guapa.

Se equivocaba. Era una perdedora con un vestido precioso.

—Me siento como Cenicienta —farfullé antes de poder detenerme. La habitación quedó en silencio durante un minuto antes de que añadiera—: ¿Qué hacemos aquí juntos si no van a venir hasta Navidad? Mañana es Acción de Gracias.

—Soy muy consciente de ello. Pensaba llevarte a cenar. No será un tiempo perdido. Puedo hacerte pasar nuestro proceso de preselección y ponerte al corriente de los detalles.

—Cocino yo. Me apetece —dije con entusiasmo. Habían pasado años desde que participara en una cena de Acción de Gracias.

Me observó fijamente, penetrándome con una mirada intensa.

—¿En serio quieres cocinar?

—Tienes una cocina impresionante. Y sí, me encanta cocinar. Simplemente no he tenido oportunidad desde hace mucho tiempo. —Nunca había tenido dinero. Últimamente, ni siquiera tenía un bocado en el apartamento—. ¿Tienes suministros?

Frunció el ceño.

—Probablemente no. Y le he dado los días libres al personal hasta el lunes. Pero puedo hacer que venga mi asistente.

Levanté una mano.

—No. ¿No tienes coche?

Sonrió con suficiencia.

—Tengo varios.

—Puedes llevarme. No voy a conducir uno de esos coches caros y elegantes que tienes. —Sabiendo la suerte que tenía, me estrellaría.

—¿A un supermercado? —parecía horrorizado.

—¿En serio? Te comportas como si nunca hicieras la compra.

Se encogió de hombros.

—No la hago. Tengo empleados para eso.

—Entonces será una aventura, ¿verdad? —No podía concebir que a alguien le hicieran la compra, pero lo único que necesitaba era que me llevaran—. Sé qué hay que comprar. Miraré en la cocina a ver qué tienes ya.

Bajé de la cama, lista para quitarme el sofisticado vestido que llevaba puesto. Me hacía sentir guapa, pero también como alguien que no era realmente... yo.

Trace se levantó.

—No tienes que hacer esto, Eva. No me importa meter algo en el microondas o salir.

—Es Acción de Gracias. No puedes cenar comida congelada.

—De no haber sido por Trace, ni siquiera comería. Quería hacer eso por él—. Dame unos minutos para cambiarme. —Lo empujé hacia la puerta.

—¿Puedo mirar? —preguntó con picardía.

Su mirada de verde líquido me acarició, y juraría que sentí su mirada hasta los dedos de los pies. Se me contrajo el sexo de manera atroz al captar su aroma.

—Vete, pervertido —insistí.

Se volvió hacia mí, deteniéndose mientras decía:

—Estaré abajo.

—Bajo en unos minutos. Solo tengo que quitarme este vestido.

Juraría que lo oí gemir antes de estrecharme entre sus brazos, una mano en la parte baja de mi espalda y la otra envolviéndome la nuca.

—Me estás matando, Eva.

Su boca se encontró con la mía con una determinación decidida que nunca había experimentado antes. Su beso era ardiente, arrasador, y sentí que me hundía y me rendía a él casi de inmediato.

Algo en Trace me atraía, y le devolví el beso, abriéndome a su boca exigente mientras su lengua exigía paso. Suspiré contra sus labios y puse los brazos alrededor de su cuello, permitiendo que cogiera lo que quería porque sabía que yo quería lo mismo.

El deseo atravesó mi cuerpo como una corriente eléctrica cuando Trace bajó la mano hasta mi culo y tiró de mi sexo húmedo contra su polla hinchada.

«Lo quiero dentro de mí. Lo necesito dentro de mí». Resentía la ropa que separaba nuestros cuerpos.

Él no sabía nada sobre mí, pero me deseaba. Yo me estaba embriagando de pasión, perdida en la manera en que me besaba como si tuviera que hacerlo, como si lo necesitara, o no podría volver a respirar.

Acceder a la necesidad de Trace resultó ser una sensación eufórica; el hecho de que una mujer como yo pudiera hacer que alguien como él me besara con esa clase de deseo era de lo más embriagador.

Sabía que teníamos que parar. Se me endurecieron los pezones cuando me atrajo hacia él; mis pechos sensibles rozaban la chaqueta de su traje.

Aun así, él siguió tocándome; la mano que previamente estaba detrás de mi cuello ahora empuñaba mi cabello.

Hablé sin aliento, los ojos cerrados cuando su boca dejó de devorar la mía y pasó a la piel sensible del cuello.

—Ah, Dios. Trace. Por favor, para. —Sabía que yo no podía separarme de él ni de coña. Quería esperar, dejar que me llevara tan lejos como pudiera.

—Eva, te deseo muchísimo —me dijo al oído con voz ronca.

—Yo también te deseo. Pero no puedo hacer esto. —Era mi hermanastro, pero no era esa certeza lo que me detenía. Apenas nos conocíamos; lo único que teníamos en común era una química increíble.

Por fin, me soltó.

—Sí podemos hacer esto, pero esperaré hasta que estés preparada.

Trace sonaba incómodo. «Estoy preparada. Condenadamente preparada». Se echó atrás y abrí los ojos con un parpadeo; el dolor de perder el contacto con él era insoportable.

—¿De qué tienes miedo, Eva? —preguntó con aspereza.

Lo miré a él, el fuego líquido de sus ojos.

«Tengo miedo de que me odies algún día. Tengo miedo de volverme adicta a ti, y no puedo hacerlo. Tengo miedo de que una vez que seamos íntimos, no querer dejarte ir».

—No voy por ahí acostándome con cualquiera, especialmente con mi hermanastro. —Quería bromear con él, pero mi voz se quebraba por la emoción.

Cogió mi barbilla y la levantó.

—Lo último que siento por ti es cariño fraternal —me dijo enfadado—. Tengo tantas ganas de follarte que casi no puedo respirar. Y tú tienes tantas ganas de que te folle que casi no puedes respirar.

Yo era lo bastante sincera como para admitir que quería lo mismo, pero no podía suceder.

—Por favor, apenas te conozco. —No estaba segura de si estaba suplicándole que me lo hiciera o pidiéndole que me dejara en paz.

Al final, él decidió por mí.

—Me voy. Pero vamos a conocernos durante los próximos días. Te lo garantizo, intentaré hacer que te desnudes. Y lo conseguiré.

Me estremecí ante la idea, observándolo mientras mi cuerpo seguía temblando, cada músculo tenso de deseo sin consumir. Cuando empezó a bajar las escaleras, cerré la puerta de la habitación antes de permitirme llamarle para que volviera a mí.

CAPÍTULO 5

Trace

¡Zas!

¡Zas!

¡Zas, zas, zas!

—Me está volviendo loco, joder —me dije con voz áspera mientras mis guantes acolchados y mis pies desnudos golpeaban satisfactoriamente el pesado saco de boxeo que colgaba frente a mí.

Llevaba años perfeccionando mi destreza en MMA, pero nadie lo diría. Mi técnica daba asco en ese momento, y en realidad no estaba practicando. Había cogido los guantes y me había puesto un par de pantalones de pelea. No me había molestado en vendarme las manos. Lo único que quería realmente era desfogarme de un montón de energía sexual de la que parecía no poder librarme de otro modo. Para mí, aquello quería decir que necesitaba darle puñetazos a algo.

¡Zas, zas, zas!

Llevaba quince minutos golpeando el saco con todas mis fuerzas.

Pero seguía teniendo la polla dura.

¡Zas!

La respiración cortaba al entrar y salir de mis pulmones, y mi rostro goteaba sudor que aterrizaba en mi pecho empapado, pero aún no me había agotado. Un solo vistazo a Eva con ese vestido que decía «fóllame» me había dejado muerto.

Había faltado poco para que saliera de su habitación sin levantarle el dobladillo del vestido por encima del culo para clavarla contra la pared. Normalmente, eso era exactamente lo que haría. Pero la manera en que me sentía cuando la miraba desafiaba mi razonamiento habitual.

La deseaba, pero también sentía que la necesitaba. Experimentar emociones como esa me era ajeno, y no me gustaba.

Yo follaba. Enviaba regalos bonitos. Y se acabó.

Britney era la única mujer con la que había tenido una relación monógama en mi vida, y mira la mierda que había resultado ser. No volví a darle exclusividad a nadie, ni antes ni después de mi experiencia con la novia del demonio.

Por extraño que parezca, nunca había sido posesivo ni con Britney ni con ninguna otra mujer. Creía que no lo llevaba en los genes. La única razón por la que había aceptado la exclusividad con Britney era porque ella lo había querido, y por aquel entonces yo era bastante ambivalente. No había nadie más con quien quisiera follar, y me parecía bien que ella fuera la única. Una pena que ella no sintiera lo mismo, a pesar de haber sido ella la que insistió en ser la única chica para mí.

Ahora, no solo quería clavársela a Eva hasta que no pudiera andar, sino que además estaba ávido de ella, posesivo por primera vez en mi vida.

—¡Dios! ¡Soy patético! —gruñí lanzando puñetazos y patadas aleatorios al saco que había frente a mí, respirando con fuerza cuando por fin paré.

Desenvainándome los guantes mientras me dirigía a la ducha del gimnasio de mi casa, sabía que Eva probablemente estuviera lista y esperándome arriba para que la llevara a la tienda.

Me sentía sólo un poco mejor al vestirme después de tocarme en la ducha hasta el orgasmo fantaseando que hacía correrse a Eva de formas variadas.

«¿Qué cojones me está pasando?». Podía llamar a cualquier mujer, pero no era eso lo que quería, y no iba a satisfacerme más de lo que ya lo había hecho mi propia mano.

Subí las escaleras con unos vaqueros y una sudadera, casi seguro de que estaba perdiendo la cabeza por completo.

Ver a Eva comprando ataviada con unos vaqueros de pitillo y un suéter, que obviamente formaban parte de su nuevo armario, a juzgar por la etiqueta de marca en el bolsillo trasero del pantalón, fue una experiencia casi sensual.

Se aferraba a la comida con reverencia, como si fuera un bien precioso. Cuando acarició el condenado pavo como si fuera una especie de gran premio, quise correrme justo allí, en el puto pasillo del supermercado.

—¿Es ese? —pregunté impaciente, ansioso por alejarla de los pavos.

Ella suspiró, y quise absorber el sonido de satisfacción poniendo mi boca sobre la suya.

—Creo que servirá. Solo somos nosotros dos. Comeremos sobras durante días, incluso con este. —Levantó lo que me pareció un pájaro enorme, aunque no es como si supiera nada acerca de la manera de encontrar el pavo adecuado para Acción de Gracias.

A ella se le veía feliz, y tan condenadamente guapa llevando a cabo una tarea tan corriente que quise embotellar su entusiasmo para después emborracharme de él.

Di un paso adelante e intenté coger el pesado artículo, pero se negó. Hice un gesto para que se diera prisa y lo echara al carro.

—Mét, en el carro. —«Y sácame de aquí ahora mismo, joder».

Eva no lo echó al carro. Lo puso en el fondo con cuidado, moviendo los otros artículos para hacer sitio. Después le dio una palmadita al ave rolliza.

—Creo que eso es todo. Deberíamos haber terminado. Tus armarios están bien surtidos. Lo único que no tenías eran unas cuantas cosas que necesitábamos para una cena de Acción de Gracias.

Yo no cocinaba. Mis empleados lo sabían. Casi todas mis cenas eran por encargo o fáciles de recalentar. Hasta que conocí a Eva, nunca me había preguntado siquiera quién me hacía la compra ni cómo, justo lo que quería aparecía como por arte de magia en mis armarios.

Estaba lo bastante cerca de ella como para oler su aroma delicado y embriagador. Cuando me miró y sonrió, decidí que quería hacer feliz a esa mujer sin importar lo que tuviera que hacer.

«Mía».

Sentí la palabra en lo más profundo de mis entrañas. Eva no lo sabía todavía, pero me pertenecía. Al menos durante un tiempo.

—¿Eva? —Llamó una voz de mujer desde el final del pasillo.

Vi a Eva volverse mientras una sonrisa aún más grande invadía su rostro.

—¡Isa! —Corrió a encontrarse con mujer a mitad de camino; las dos colisionaron en una maraña incómoda de brazos mientras se abrazaban felices.

—¿Dónde has estado? Me quedé muy preocupada cuando no pude ponerme en contacto contigo.

La voz de la mujer bajó después de ese comentario, y me acerqué casualmente dando unos pasos para escuchar su conversación.

Isa, fuera quien fuera esa persona para Eva, era absolutamente imponente. Era un poco más alta que Eva, pero más o menos de la misma edad.

Eva se volvió para presentarme a su amiga.

—Isa, éste es Trace Walker, mi... —parecía estar buscando las palabras.

—Su prometido —terminé yo, sonriendo a la guapa mujer morena que estaba junto a Eva. No iba a permitir ni de coña que ninguna de las amigas de Eva supiera la verdad. Joder, si ni mi hermano iba a saberlo.

—Trace, ésta es mi amiga, Isa Jones. Nos perdimos la pista durante un tiempo. Se fugó después de casarse.

Isa le dio un puñetazo juguetón en el brazo a Eva.

—No me fugué. Te mudaste y no lo sabía. —Extendió la mano—. Encantada de conocerte. He oído hablar mucho de ti en los medios.

La mujer tenía un apretón de manos fuerte y con confianza, y me miró directamente a los ojos. Me gustaba eso. No era ninguna sorpresa que supiera de mí. Parecía que yo era el blanco preferido de todo el mundo para las columnas y las revistas de cotilleos. Odiaba saber que el nombre de los Walker era infame, y que gente a la que no conocía sabía mi nombre y seleccionaba información que yo elegía dar a conocer. Esa parte de ser rico nunca había dejado de molestarme. Prefería que mi vida privada siguiera siendo privada, pero eso no iba a suceder. Era algo que había aceptado con el paso de los años como una de las desventajas de tener mucho dinero. No tenía opción. Nací con la proverbial cuchara de plata en la boca, y al dejarme el culo trabajando, mi fortuna sólo crecía.

—El placer es mío. —Puse una sonrisa encantadora en mi cara.

Dando un paso atrás, Isa preguntó:

—¿Cuánto tiempo lleváis juntos?

Al ver su mirada discreta al dedo anular de Eva, supe que esa situación había que rectificarla cuanto antes. Necesitaba un anillo.

—Llevamos... años conectados —dijo Eva con cuidado—. Pero acabamos de comprometernos. Ni siquiera hemos tenido tiempo de comprar un anillo.

Eva era buena, tan buena que casi la creí hasta yo. Podía decir toda la verdad, pero haciéndola vaga sin que nadie sospechara que había más de lo que decía.

«¿Llevamos... años conectados? Técnicamente es mi hermanastra, así que supongo que es verdad».

El sentimiento de culpa me golpeó por las terribles circunstancias que había sufrido Eva. Sí, tal vez yo no hubiera sabido que tenía una hermanastra, pero nunca se me ocurrió preguntar. Hasta donde yo tenía entendido, mis hermanos tampoco tenían ni idea de que Eva existía. Mi padre tenía hijos mayores, y la madre de Eva no era mucho más joven que mi padre. Tenía sentido que hubiera tenido una hija... ahora.

Extendí el brazo y agarré la mano de Eva sólo para descubrir que sus dedos estaban como témpanos.

—¿Tienes frío? —pregunté.

Ella me apretó la mano.

—No. Estoy bien.

Me parecía natural mantenerla a mi lado. No averigüé mucho más sobre Eva, pero durante la conversación descubrí que Isa estaba casada con un hombre al que yo conocía y admiraba, un rico genio de la tecnología.

Isa volvió a abrazar a Eva.

—Por favor, no perdamos el contacto. Te he echado de menos y me preguntaba qué tal habían salido tus planes de formación.

Me pregunté qué había estado planeando Eva, pero no pregunté. De alguna manera, sentía que estaba incómoda hablando de ello con Isa. Agachó la cabeza y ya no miraba a su amiga a los ojos. Su lenguaje corporal gritaba que se sentía angustiada.

—¿Tienes teléfono móvil? —le pregunté a Isa, cambiando el tema de conversación.

Era fácil de suponer, por la mirada en los ojos de Eva, que ella también había echado de menos a Isa, pero que simplemente no quería hablar de los planes que tuviera en ese preciso instante.

Isa rebuscó en el bolso y sacó su teléfono.

—Te apuntaré el número nuevo de Eva. —Yo ya me lo sabía de memoria, cosa que era a la vez patética y normal en mí. Por naturaleza, era bueno con los números, y tenía una memoria perfecta si los números eran lo bastante importantes como para recordarlos. El hecho de que mi cerebro hubiera memorizado de manera subconsciente el número del móvil que le había comprado a Eva era bastante triste. Había muy pocos números que yo considerara importantes, y todos ellos ya estaban grabados en mi teléfono, incluido el suyo. Lo había apuntado tan pronto como compré el teléfono y lo configuré. Resultaba extraño que, por alguna razón, hubiera pensado que el número era lo bastante importante como para ocupar sitio en mi cabeza, ya de por sí abarrotada.

Le devolví el móvil a Isa después de apuntarle el número de Eva.

Las mujeres volvieron a abrazarse, con la promesa de que se llamarían para ponerse al día.

—Era importante para ti. Todavía lo es —adiviné mientras caminábamos hacia la caja.

—Sí. —El tono de Eva era reservado.

—¿Una amiga? Parece más mayor que tú.

—Era profesora asistente en mi instituto. Supongo que probablemente sea profesora ahora. Estaba terminando el máster de Educación cuando nos conocimos. —Hizo una pausa antes de preguntarme—: ¿Desde cuándo tengo teléfono móvil?

Ignoré su pregunta. Le había comprado bastantes cosas que aún no había visto.

—¿Cómo terminó casándose con Jones? —Una profesora asistente y un mogol de la tecnología era una combinación interesante.

Eva se encogió de hombros.

—Ya estaba saliendo con él cuando la conocí, así que no estoy segura de cómo se conocieron. Pero se la ve contenta.

—Bueno, y ¿cuáles eran tus planes? —En realidad, aquello me hacía sentir más curiosidad, y alcé una ceja en dirección a Eva después de descargar la compra en la cinta de caja. Ella estaba silenciosa.

—A veces los planes no salen bien —respondió bruscamente.

Algo andaba mal; podía sentirlo y reconocí el hilo de tristeza en su voz, mezclado con su actitud defensiva.

—Me lo contarás cuando lleguemos a casa. —Se lo sonsacaría de alguna manera. Borraría todas las sombras de su pasado porque me irritaban. Eva era el tipo de mujer que estaba hecha para ser feliz por naturaleza, pero de algún modo le habían robado la oportunidad.

«La jodió una madre egoísta a la que no le importaba una mierda».

Cuanto más pensaba en ello, más me cabreaba. Mi padre tenía expectativas para todos sus hijos. Era un hombre de negocios espabilado, y era formidable, pero no era del tipo que no aceptaría a una hija nueva si la madre de Eva hubiera decidido traerla a la familia.

Eva estaba callada cuando salimos de la tienda, y eso me molestó aún más. Tenía que saber por qué su madre la había dejado olvidada cuando se marchó a Texas para casarse con mi padre. Joder, obviamente ni siquiera se había quedado para la graduación del instituto de Eva. ¿Qué clase de progenitor era esa?

Ver su apartamento y cómo había vivido Eva me dio dolor de estómago. De acuerdo, no sabía casi nada de Karen Morales, pero iba a poner empeño en averiguarlo.

El control era algo que valoraba, y lentamente lo estaba perdiendo por completo en lo que respectaba a Eva. Necesitaba averiguar qué iba mal para poder arreglarlo. Codiciaba su completa atención para cuando le metiera la polla dentro.

No quería gratitud. No quería que se sintiera como si me debiera algo. Todo lo que quería era su placer, y esos momentos de clímax me pertenecerían a mí y solo a mí.

Si aquello me convertía en un cabrón egoísta, no me importaba, pero la haría mía. No dudaba que ganaría. Siempre lo hago.

CAPÍTULO 6

Eva

*P*reparé la salmuera para marinar el pavo; se me hacía la boca agua ante la idea de nuestro festín de Acción de Gracias del día siguiente. No había comido un almuerzo normal desde hacía tanto tiempo que la idea de comer un festín enorme parecía casi decadente.

Sabía que Trace me estaba esperando, ya que quería retomar la conversación donde la habíamos dejado en el supermercado. Ahora que había guardado el ave rolliza en la nevera, tenía pocas razones para evitarlo. Excepto el hecho de que en realidad no quería hablar de Isa ni de los sueños que tenía justo antes de graduarme del instituto. Hacía tanto tiempo de eso y las cosas habían cambiado más de lo que nunca habría soñado que fuera posible... y no para bien.

«Desahógate. Olvídalo».

No había nada que pudiera hacer para cambiar mi pasado, pero ahora podía decidir mi propio futuro.

Llevaba más tiempo de lo necesario lavándome las manos cuando oí una voz masculina justo a mi lado.

—¿Vino? —preguntó, mostrándome una bonita copa parcialmente llena de vino blanco.

Al no ser una gran bebedora, no tenía ni idea de qué me gustaba cuando se trataba de alcohol. Sin embargo, pensé que me vendría bien una copa. Me percaté de que él sostenía un vaso lleno de algo que parecía más fuerte que el vino que le cogí de la mano.

—Gracias —respondí agradecida, dando un sorbo con cuidado al líquido pálido—. Está bueno.

—No estaba seguro de qué te gusta.

Le sonreí débilmente.

—Pues ya somos dos. Yo tampoco estoy segura. En realidad no bebo mucho alcohol.

—Ven a sentarte conmigo. ¿Has terminado?

Había terminado, pero en realidad quería decirle que tenía un montón de cosas que hacer en la cocina. Pero, por alguna razón, no podía mentirle.

—Sí.

Asintió señalando el salón con la cabeza, y yo lo seguí. Encendió la enorme chimenea de gas, y la sala era muy apetecible. Había descubierto que, aunque a Trace le gustaba la calidad, no era una persona que hiciera ostentación de su riqueza descaradamente. Los colores neutros eran encantadores, el cuero de los muebles suave como la seda, pero la sala seguía siendo confortable.

Tomé asiento en uno de los sillones abatibles de cuero. Él extendió su larga figura en un sofá a juego frente a mí.

Seguía llevando los mismos vaqueros negros que se abrazaban a su cuerpo, y una sudadera verde que hacía juego con sus ojos. Dios, era guapísimo, el pelo corto un poco revuelto le daba una apariencia que era prácticamente... agradable al tacto.

Menos mal que Trace estaba sentado lo bastante lejos como para que yo no pudiera oler su aroma masculino y único, pero el corto espacio de separación no ayudaba demasiado. Aún deseaba desnudarlo, gatear por su cuerpo y rogarle que me follara.

—Ahora, dime, Eva. ¿Cuáles eran tus planes cuando salieras del instituto?

Su tono barítono era rico y suave, y fluía hacía mí como terciopelo. Di un trago de vino, a sabiendas de que tendría que hablarle un poco de mi pasado.

—Cuando tenía dieciséis años, conseguí un trabajo en un restaurante. Aprendí mucho trabajando en la cocina. Quería hacer carrera en las artes culinarias, e Isa me ayudó a encontrar un programa de formación. Podría trabajar y estudiar a la vez. Hizo muchas cosas que no tenía por qué hacer, como ayudarme a arreglar una asistencia financiera y a solicitar becas. Pero tan pronto como me gradué, las cosas cambiaron.

«Por favor, no me preguntes más». Ya le había contado todo lo que quería revelar.

—¿Cómo cambiaron?

Me encogí de hombros.

—Mi madre se fue, y tenía facturas que pagar.

—¿Sus facturas?

—El alquiler estaba atrasado, y me iban a desahuciar. Por aquel entonces, no tenía ni idea de dónde se había ido. Tuve que renunciar a cada centavo que había ahorrado para mantener un techo sobre mi cabeza.

Él frunció el ceño.

—¿Por qué no te lo dijo ni te llevó con ella? Mi padre era estricto, pero te habría acogido con los brazos abiertos. No habría querido que te quedaras sola con diecisiete años. ¡Dios! Te abandonó sin más.

Mi madre había hecho mucho más que eso, pero no iba a decirle lo desalmada que se había mostrado. ¿De qué serviría?

—Odiaba a mi padre y me despreciaba a mí. Yo le recordaba cada fracaso de su vida. Su matrimonio con mi padre fue uno de los grandes, o eso decía ella. Creo que tuvo que casarse con mi padre porque la dejó embarazada. Mis abuelos no lo aceptaban a él... ni a mí. —Bien sabía Dios que yo había oído cómo había arruinado la vida de mi madre bastante a menudo; la hija mestiza que sus padres nunca aceptarían.

—¿Por qué?

—Era jornalero y siempre estábamos sobreviviendo a duras penas. Pero nos alimentaba y puso un techo sobre nuestras cabezas.

Trace me miró marcadamente.

—Te importaba. Lo echas de menos.

Asentí.

—Todos los días desde que murió. Lo quería, y él me quería a mí. —No había conocido la calidez del amor paterno desde el día en que mi padre dejó este mundo, y creía que siempre lo echaría de menos.

—Nunca conocí a Karen realmente —farfulló Trace con enfado—. Ninguno sabíamos de tu existencia, Eva, o de lo contrario habríamos ido a buscarte. Sinceramente, solo vi una vez a tu madre, y fue en la boda. Todos nos sorprendimos cuando nos enteramos de que Papá se casaba. Sebastian y yo estábamos en la universidad, y Dane también se estaba preparando para marcharse. Supongo que Papá se sentía solo.

—¿Por qué iban a sentirse obligados a ayudarme? En realidad no sois familia. —Los Walker no tenían ninguna razón para rescatarme. De acuerdo, había albergado resentimiento contra cualquiera que se apellidara Walker, pero tenían tan poca culpa como yo.

—Porque ninguno de nosotros somos como tu difunta madre —gruñó mientras posaba su bebida sobre la mesa y se ponía de pie.

Me cogió la mano y me llevó al sofá con él. Con la copa de vino equilibrada en la mano, me senté a regañadientes y dejé que tirara de mí hacia su cuerpo. Quería estar allí, pero no quería. Su aroma llenaba mis sentidos; su cercanía me hacía desear cosas que nunca podría tener.

Suspiré cuando me quitó la copa de vino y la puso sobre la mesa junto a su vaso vacío. Durante un momento, dejé que mi cuerpo se hundiera en su figura más grande, permitiéndome creer que me habría ayudado, que me habría protegido después de que mi madre marchara.

Sus brazos se apretaron en torno a mí y apoyé la cabeza en su hombro. Se me escapaban las lágrimas por el rabillo del ojo porque se sentía tan condenadamente bueno. Hacía muchísimo tiempo desde que alguien se preocupaba realmente por mí.

—Gracias. No es tu culpa que no lo supieras.

—No pregunté, y me odio por eso.

Ladeé la cabeza y miré la expresión turbada en sus ojos.

—No lo hagas —dije con firmeza, apoyando una mano en su rostro y deleitándome con la sensación de su barba de tres días bajo los dedos—. No es tu culpa, y ahora estoy a salvo. Tengo un trabajo y un futuro gracias a ti.

—No me lo agradezcas —dijo con voz ronca, utilizando el peso de su cuerpo para tumbarme en el sofá.

Mi cabeza dio con uno de los cojines, y subí la mirada hacia su gesto furioso, a solo unos centímetros del mío.

—Estoy agradecida. ¿Cómo no iba a estarlo? Probable estaría en algún albergue para indigentes de no haber ido a su despacho mendigando un trabajo.

—No me lo merezco. No siento lástima por ti, Eva. Quiero follarte.

Sabía que rodear su cuello con los brazos me traería problemas, pero lo hice de todas formas. Las llamas me consumían, arrasando todo a su paso hasta mi sexo.

—Entonces hazlo, porque lo último que quiero es que sientas lástima por mí —susurré, cansada de luchar contra la atracción rampante que había entre nosotros.

El futuro no importaba en ese preciso instante. Todo lo que deseaba era a Trace. Sabía que únicamente estaba allí para hacer un trabajo, pero nunca antes me había sentido así por un hombre. ¡Carpe diem! Aquella expresión nunca había significado más para mí que en ese instante. Quería aprovechar la oportunidad que tenía en ese momento y no pensar en el mañana.

Vi un destello de algo parecido a la satisfacción cuando inclinó su boca hacia la mía. Después, me perdí en un mundo de deseo loco mientras nuestras lenguas y nuestras bocas se fundían en un torbellino desesperado y una necesidad demencial.

Besaba como un hombre poseído por una furia salvaje que no podía controlar. Aguantó la mayor parte de su peso, pero yo le habría dado una cálida bienvenida. Quería trepar a su interior, sentir nuestros cuerpos fundirse y fusionarse de la manera más elemental.

No me cansaba de él, y quizás una vez con Trace no saciara mi necesidad, pero no pensé en eso. Todo lo que podía hacer era... sentir.

Jadeé cuando apartó su boca de la mía. Quería protestar cuando su peso se alejó de mi cuerpo, deseosa de sentirlo otra vez desde el momento en que se alejó.

Lamiéndome los labios, seguía notando el sabor de su abrazo al observar cómo se quitaba la sudadera por encima de la cabeza y la arrojaba al suelo.

«¡Santo Dios!». Era perfecto. Cada músculo flexionado parecía tallado en piedra. Sus bíceps se flexionaron mientras se liberaba de la camisa, y sus abdominales estaban tan definidos que veía cada espléndido músculo de su estómago y de su pecho. Se reveló una piel suave que yo moría por tocar, y extendí una mano hacia él con un anhelo reflexivo. Estaba desesperada por ver si su piel era tan cálida como parecía, y me moría por trazar la feliz senda de vello negro que, lamentablemente, desaparecía en la cintura de sus vaqueros.

—No, Eva —ladró—. Si me tocas, voy a perder el control.

Yo quería que lo perdiera; vivía para verlo fuera de control en ese momento.

—Quiero tocarte.

Él ignoró mi súplica y me incorporó para quitarme el suéter, que se unió a su camisa en el suelo. Yo daba las gracias a Claudette mientras él me quitaba el sujetador rosa de encaje que llevaba, soltando el broche frontal con pericia. Me estremecí cuando el aire fresco rozó mis pezones endurecidos, dejando que él deslizara la sedosa prenda interior por mis brazos con lentitud antes de desecharla en la creciente pila de ropa que había en el suelo.

—Preciosa —gruñó posándome de nuevo sobre el cojín.

Gemí en alto cuando su boca caliente se encontró con mi pezón sensible, succionando hasta que la punta se puso durísima.

—Sí —susurré, incapaz de encontrar mi voz.

Cerró los dedos alrededor del otro nódulo duro, tirando con la presión justa para provocar un violento espasmo en mi sexo.

—Mía —dijo Trace con voz exigente mientras levantaba la cabeza de mi pecho.

En ese momento, poseía mi cuerpo, podía hacerme lo que quisiera siempre y cuando satisficiera el acuciante anhelo que sentía en mi interior.

—Sí —accedí.

Lentamente, su boca exploró el valle entre mis pechos, y se abrió camino con la lengua por mi vientre. Hinqué las manos en su pelo bruscamente, tirando de los mechones a la vez que se levantaban mis caderas, frustradas por la tela vaquera que había entre nosotros mientras yo intentaba conseguir fricción donde más la necesitaba.

Sus manos bajaron la cremallera de mis pantalones de un tirón, como si estuviera desesperado por dejarme desnuda ante sus ojos hambrientos.

Levanté el culo mientras él tiraba de mis pantalones, bajándome las braguitas rosas por las piernas junto con los vaqueros.

—Dios, Eva. Eres la cosa más bonita que he visto en mi vida —dijo con voz ronca, con reverencia.

Yo nunca me había considerado guapa. Como mucho, pensaba que conseguía ser medianamente atractiva. Pero, durante un segundo, durante un instante, me permití creerle. Me sumergí en su mirada salvaje y se me cortó la respiración en los pulmones, mientras yo permanecía atrapada en sus ojos intensamente bellos, deseando no poder liberarme nunca.

Se me escapó un gemido de los labios cuando me abrió las piernas a lo ancho y colocó una de mis pantorrillas sobre el respaldo del sofá y la otra hacia el suelo. Cuando estuve completamente abierta para él, sus dedos trazaron los labios de mi coño.

—Estás húmeda —rugió.

—Sí. —No era como si pudiera negarlo. La humedad que cubría las yemas de sus dedos era prueba irrefutable de cuánto lo necesitaba.

—Me encanta verte así. Me necesitas. Se te ve en los ojos.

Resultaba obvio que él también me necesitaba. Su mirada se apartó de la mía y bajó la vista hacia donde sus dedos jugueteaban.

—Te necesito. Fóllame, Trace. Por favor. —No me importaba suplicar.

Sus dedos ahondaron en mi caverna, y su pulgar trazó un círculo prometedor alrededor de mi clítoris.

—Eso estoy planeando, cariño. Pero me estoy volviendo adicto a ver tu cara. Quiero verla cuando te corras.

Sus palabras encendieron mi cuerpo como si de un petardo se tratase, ondas eléctricas candentes salían desde cada terminación nerviosa.

—Tócame. —Necesitaba que dejara de ponerme cachonda.

—Puedo hacer más que eso. Tengo que probarte.

En el momento que tardé en procesar lo que estaba diciendo, se deslizó por el sofá e inclinó su boca sobre mi sexo para que se uniera a sus dedos juguetones.

Incapaz de contenerme, grité su nombre cuando su boca voraz invadió mi coño, lamiendo, succionando ávidamente como si no quisiera parar nunca.

—Ay, Dios. Ay, Dios. —Cantaba el mismo mantra, atónita por la sensación de su boca dándose un banquete de mí cuando su lengua reemplazó a su dedo sobre mi clítoris.

Oía el sonido de mi propia humedad cuando enterró labios, nariz y lengua en mi sexo. Lo probó, jugando, y después movió con rapidez el pequeño haz de nervios que necesitaba su atención, llevando mi deseo hasta el punto de la locura.

—Trace. Ay, Dios. Por favor. Haz que me corra ya. —Me agarré a su pelo y luego apremié su cara hacia mi coño, para hacerle saber lo desesperada que estaba.

Mi cuerpo se tensó de manera insoportable, y arqueé la espalda en agonía.

Llegué al clímax con un gemido lastimero, agudo, incoherente, farfullando lo bien que me hacía sentir. Oleadas de éxtasis inundaban mis sentidos, y no tuve más opción que cogerlas cuando Trace lamió mi orgasmo como si estuviera intentando saborear hasta la última gota.

Empuñé su pelo con las manos mientras me mantenía en suspenso, indefensa ante los espasmos que explotaban en mi cuerpo mientras Trace escurría hasta la última gota de placer que pudo sacar de mí.

Yo me había desahogado, pero no estaba saciada. Observé cómo se levantaba y se arrancaba los vaqueros y los bóxer ajustados, liberando su polla hinchada.

Me quedé un poco intimidada al mirarlo, pero lo quería dentro de mí más de lo que había deseado nada en toda mi vida.

Trace rebuscó en su cartera y sacó un condón de un tirón para ponérselo en lo que yo estaba segura tenía que ser un tiempo récord.

Bajó entre mis muslos separados y me besó. Suspiré en su boca cuando nuestra piel desnuda se tocó por fin, deslizándose, creando una sensación de intimidad que puso mi cuerpo a cien otra vez.

Noté mi sabor en sus labios, y eso me espoleó. En ese momento, era mío. Me encantaba el hecho de que mi aroma estuviera por todo su cuerpo.

Arrancando sus labios de los míos, empezó a trazar una serie de besos con lengua por mi cuello.

—Rodéame con las piernas —exigió bruscamente.

Yo obedecí; me encantaba la sensación de tenerlo atrapado entre mis piernas.

La sensación de su polla presionando para penetrar mi cuerpo me consumía. Me estremecí de dolor cuando empujó con más fuerza, intentando romper mi barrera.

—¡Joder! Tienes el canal tan estrecho como una virgen, Eva —dijo con voz áspera y desesperada.

—Trace, soy virgen. —Tal vez debería habérselo dicho antes, pero no quería que parase.

—¡Mierda! ¿Por qué coño no me lo has dicho? —Su gesto era fiero; su mirada, acusadora.

—Fóllame. No importa. —Alcé las caderas, deseando tenerlo enterrado dentro de mí.

—Importa, y mucho. Agárrate a mí. No puedo parar.

Yo ya estaba deslizando las manos por su piel húmeda, acariciándole la espalda. Paré y me aferré a sus hombros.

—Hazlo. Por favor.

Empujando hacia delante con un gemido, se abrió camino a través de cualquier barrera que pudiera mantenernos separados y se enterró dentro de mí. El dolor fue momentáneo y ligero comparado con la plenitud y la satisfacción que sentí al saber que estaba tan íntimamente conectado conmigo. Mis músculos se resistieron, y después abrieron paso a su polla, relajándose al envolverlo con cariño como un guante.

—Tan estrecha. Tan húmeda. Tan caliente, joder —dijo Trace con voz ronca—. Nunca voy a querer dejarte ir.

Yo sabía que me dejaría ir, pero ya me preocuparía por eso más adelante. En ese preciso momento, todo lo que quería era experimentar mi primera degustación de la pasión con Trace. Era el hombre al que había estado esperando para darle mi cuerpo no probado, el hombre que podía hacerme sufrir de deseo.

—*Fó-lla-me.*

Él estaba apretando los dientes; el músculo de la mandíbula le temblaba. Yo sabía que estaba intentando recobrar el control, y no quería que lo hiciera. Apreté mi abrazo con las piernas y me clavé contra él.

—Espera, Eva. No puedo hacértelo así. Tengo que ir con calma.

—A tomar por culo la calma —sollocé—. Te necesito, Trace. Por favor.

Mis palabras parecieron motivarlo, y salió casi totalmente de mi vagina antes de volver a martillearme.

—No tengo ni una puta pizca de control contigo —gruñó.

Me folló duro, después más duro, como si su vida dependiera de darme su polla. Me deleité en el dolor, en poner a prueba mis músculos mientras se ceñían a él.

—Sí. Sin control. Sin piedad —insté, deseándolo tan rudo e indómito como pudiera ser.

—No puedo esperar —dijo con un gemido de urgencia.

Bombeaba dentro y fuera de mí tan rápido y tan duro que mis cortas uñas se clavaron en la piel suave de su espalda. Sentía que mi orgasmo se acercaba, que borboteaba impaciente por liberarse.

—No esperes —supliqué, necesitada de verlo correrse.

Me sorprendió cuando deslizó una mano entre nuestros cuerpos, buscando con los dedos. Implosioné cuando hizo presión sobre mi clítoris, forzándome hasta un clímax explosivo.

Una oleada de calor recorrió mi cuerpo, y mi canal se cerró en torno a su polla mientras yo cogía las olas del éxtasis que fluían a través de mi cuerpo.

Vi su reacción cuando se corrió, con la cabeza hacia atrás, emitiendo gemidos de placer que se escapaban de sus labios con tanta naturaleza como el aliento que respiraba.

—Te sientes tan bien, Eva. No quiero dejarte nunca, joder.

Yo no quería que se fuera nunca, pero sabía que estaba viviendo el momento. No había otro hombre al que habría querido entregarle mi cuerpo nunca, y mi primera experiencia había sido divina. No había estado esperando a nadie en particular, solo a alguien que me hiciera sentir como lo hacía Trace.

Permanecimos conectados, su cuerpo pesado pero bienvenido mientras respirábamos con dificultad en las secuelas de una cima impresionante que nunca antes había alcanzado. Acariciando la piel húmeda de su espalda, perdí la noción del tiempo. La cabeza todavía me daba vueltas cuando finalmente empezó a salir con un beso rápido pero apasionado en mi boca antes de liberarse de mis brazos aferrados a él.

Se quitó de encima lentamente y dio unos pasos hasta el cuarto de baño; supongo que para quitarse el condón usado.

Yo me quedé allí tumbada, observándolo, incapaz de moverme, incapaz de pensar. Mi mente estaba tan agotada como mi cuerpo.

Se movió con elegancia, sin una pizca de timidez corporal. Aunque no es como si tuviera ninguna razón para sentirse cohibido.

Momentos después, había vuelto, y la respiración constante que yo había recuperado se volvió irregular una vez más.

Se sentó y arrastró mi cuerpo desnudo y vulnerable sobre su regazo.

—Cuéntame. Explícame por qué ibas a dejarme tomar tu cuerpo cuando nunca se lo has entregado a otro hombre.

—No había ningún hombre al que quisiera entregárselo —expliqué sin respiración—. No es como si estuviera reservándome por alguna razón, simplemente nunca había deseado estar con alguien de esa manera.

Me miró con una ceja levantada.

—¿Nadie en todos estos años? ¿Dónde coño has estado?

Contemplé su expresión pensativa, a sabiendas de que tendría que contarle la verdad. Me sentía vulnerable, desnuda de una manera que nunca antes había experimentado.

—¿Eva? —Su mirada era inquebrantable, a la espera.

Me sentí como si estuviera mirándome directamente al alma. «Dios me ayude, no puedo mentir».

—Estaba en prisión. Hace un año terminé la libertad condicional. Cuando tenía dieciocho años, fui a un correccional de mujeres durante tres años. Lo siento. Debería habértelo dicho. Acabas de follarte a una delincuente.

No había pensado en cómo se sentiría con respecto a follarse a una delincuente convicta. Todo lo que quería era un momento para vivir un sueño.

Luché por zafarme de él al ver la mirada de asombro en su cara y, durante solo un segundo, lo que pensé que probablemente era repugnancia.

«Soy una criminal. ¿Qué esperaba?».

Nadie iba a pasar por alto el hecho de que había sido presidiaria durante la mayor parte de mi vida adulta. Nadie lo hacía nunca.

Tropecé con mis pies, giré y salí corriendo hacia mi habitación, sin siquiera molestarme en recoger la ropa. Con dedos temblorosos, cerré la puerta con pestillo, me volví y me deslicé contra ella hasta que mi culo desnudo tocó la alfombra.

Entonces, y solo entonces, me desahogué de la angustia que encerraba en mi interior, sollozando como una niña pequeña mientras me abrazaba el tronco desnudo y dejaba que empezara el torrente de lágrimas.

CAPÍTULO 7

Eva

A la mañana siguiente, me quedé destrozada cuando me azotó la enormidad de lo que había hecho y dicho la noche anterior.

Me senté en la cama, intranquila, y me aparté el pelo rebelde de la cara.

—Ay, Dios —gemí mientras me frotaba la cara con una mano.

«Le hablé a Trace de mi pasado después de los momentos más trascendentales de mi vida».

Todo lo que me había hecho a mí y a mi cuerpo era tan condenadamente perfecto; cada minuto, surrealista. «¿Por qué lo he estropeado así?».

—Porque hay algo en él que no me deja mentirle —susurré para mis adentros.

En algún momento de la noche, me levanté del suelo, desnuda, y me puse un pijama. Las lágrimas por fin se habían secado; los sollozos se habían apagado. Me sentía agotada, tierna y más vulnerable de lo que me había sentido en toda mi vida.

Trace había llamado a la puerta la noche anterior, pero sofoqué mis lamentos de dolor mientras estaba en el pasillo; me obligué a no emitir ni un sonido. Finalmente se marchó;

probablemente supuso que estaba dormida. Por desgracia, no había dormido mucho y estaba muy despierta cuando aporreó la puerta. Simplemente estaba demasiado asustada como para responder.

—Es Acción de Gracias. ¿Cómo voy a hacerle frente? —Me desplomé sobre la espalda y me tapé la cara con una almohada. Iba a tener que hacerle frente y vivir con el hecho de que conocía mi historia, y de que no la había aceptado bien. La noche anterior había ira en su voz cuando vino a mi puerta y, en realidad, ¿podía culparlo? Yo no había sido sincera antes de que me pusiera las manos encima, y él había tenido relaciones íntimas con una delincuente sin saberlo; con alguien a quien ni siquiera debería conocer, y mucho menos follarse.

—¡Eva!

Me incorporé de golpe hasta quedar sentada cuando oí su voz de barítono a mi puerta.

—Sé que estás ahí. Anoche me fui para darte tiempo, pero no voy a volver a marcharme. Abre la puerta o la echo abajo. Su puño golpeó con fuerza la pesada barrera de madera.

Resignada, salí de la cama y fui hasta la puerta, abrí el pestillo y di la vuelta para volver andando hasta la cama y sentarme.

Él entró casi de inmediato, y yo tenía la certeza de que había estado escuchando para oír el clic del pestillo. Por supuesto, yo iba a abrirlo. Primero: ni de coña iba a permitirle destrozar una puerta de madera pulida tan bonita. Segundo: no podía huir de la verdad eternamente. No servía de nada seguir posponiéndolo.

Agaché la cabeza y me concentré en el estampado elegante de la alfombra de color crema que había en el suelo; no quería establecer contacto visual con él. Mi pelo revuelto me ocultaba la cara, y esperé. Y esperé. Y después, seguí esperando.

Todos los músculos de mi cuerpo se pusieron en tensión, y supe que estaba en la habitación. No solo porque le había oído entrar, sino porque podía sentirlo. Trace Walker emitía una energía tan irresistible con el mero hecho de entrar a una habitación que no podía ser ignorado.

Justo cuando estaba a punto de ceder y alzar la mirada, me encontré de repente sobre la espalda, clavada por el significativo peso de su cuerpo.

—¿Qué haces? —Mi voz era trémula mientras él me sujetaba las manos por encima de la cabeza.

—No vuelvas a hacer eso nunca —exigió con voz áspera.

—¿Hacer qué? —No pude evitar mirarlo a los ojos puesto que me retiró el pelo de la cara.

—Marcharte —gruñó—. Huir de mí. No vuelvas a hacerlo. Lo odié, joder.

Me dio un vuelco el corazón cuando miré su gesto sombrío. Había sombras oscuras bajo sus ojos, y me pregunté si había dormido.

—Pareces cansado.

—No he dormido mucho. Me costó dormirme después de descubrir que me había follado a una virgen sin saber que era su primero. Y sabía de sobra que estabas llorando.

«¿Cómo lo supo? Intenté no hacer ruido. Lo último que quería era su compasión».

—No estaba llorando —le dije con obstinación.

—¡Y una mierda! —Frunció el ceño y trazó lo que me pareció una línea invisible de lágrimas—. Se te ha corrido el maquillaje.

«¡Mierda! ¡Mierda! ¡Mierda! Puñetera Claudette y su varita mágica de rímel».

Suponía que la señal delatora de mis lágrimas se había corrido por mis mejillas en una línea negra de maquillaje que antes llevaba en las pestañas. De ahora en adelante rechazaría el rímel.

—Vale, lloré. Lo admito. Estaba disgustada. No es para tanto. —Intenté minimizar el mar de lágrimas que había llorado la noche anterior, y el desahogo de la pena que llevaba acumulando en mi interior durante años.

Al percatarme de que su gesto pasaba del enfado a la furia más absoluta, me pregunté si tenía impulsos violentos. Parecía que se controlaba, muy seguro de sí mismo. Aquella era una cara de Trace que me asustaba solo un poco.

—Sí que es para tanto. Te hice daño. Lo siento. —Su gesto seguía siendo de enfado, pero su mirada estaba llena de remordimiento.

—No me hiciste daño. En realidad, no. —No luché contra su abrazo. El peso de su cuerpo manteniéndome prisionera resultaba extrañamente cálido y reconfortante, y solo me agarraba las muñecas con la fuerza suficiente para impedir que volviera a huir otra vez.

Yo no merecía su sentimiento de culpa por quitarme la virginidad. Se la había dado voluntariamente porque deseaba aquella experiencia con codicia, con desesperación. Quería alguien a quien aferrarme durante un breve periodo de tiempo. Quería sentirme como si le importase a alguien. Y lo que más deseaba de todo era el placer que podía ofrecerme.

—Entonces, ¿por qué coño saliste disparada?

Inspiré profundamente.

—Te dije que soy ex convicta. Te sentías asqueado de haberte acostado conmigo. Admítelo. —No quería oírle decir las palabras, pero necesitaba oírlas. Mis momentos de placer se habían terminado y era hora de hacer frente a la realidad.

—No estaba disgustado contigo. Estaba enfadado conmigo mismo, Eva. Debería haberlo sabido; debería haberme percatado de que eras inexperta. No lo hice. Te deseaba y no podía pensar más allá de eso. Sí, me sorprendiste. Estaba enfadado, pero no contigo. —Se detuvo durante un minuto antes de continuar—. ¿Quién te tendió la trampa? Fue tu madre, ¿no es así?

Lo miré boquiabierta.

—¿Crees que era inocente?

Levantó una ceja con arrogancia.

—¿No lo eras?

—Sí. —Sentí una presión en el pecho al darme cuenta de que él había dado por sentado que no era culpable de cometer el delito por el que me habían encerrado durante la mayor parte de mi vida adulta.

Él se encogió de hombros.

—Te creo.

«¿Así? ¿Tan fácil? ¿Cree que soy inocente?».

—¿Por qué?

Lentamente fue soltándome las muñecas, como si se hubiera asegurado de que no yo no me iba a ninguna parte.

—Porque no me has dado ninguna razón para dudarlo. Has trabajado casi toda tu vida y viniste a mí suplicando que te diera trabajo para poder ganarte la vida. Fuiste sincera cuando no tenías por qué serlo. No creo que seas capaz del delito que supuestamente cometiste, sea cual sea.

Me ayudó a sentarme, pero mantuvo una mano de apoyo detrás de mi espalda.

—Apenas me conoces —discutí, atónita de que pareciera no tener ninguna duda.

Nadie me había creído nunca, ni siquiera un jurado formado por mis compañeros.

—¿Qué ocurrió?

Mis ojos volvieron a llenarse de lágrimas, y apreté las palmas de las manos porque estaba temblando. Trace era la primera persona que dudaba de mi culpabilidad, y su exculpación me llegó al alma.

—No entiendo por qué me crees.

—Créelo. No tienes por qué entenderlo. Solo cuéntame qué pasó, Eva.

Ahora su voz era baja y tranquilizadora, y sentí que mi cuerpo finalmente se relajaba.

Una de sus grandes manos se extendió y cubrió mis dedos, cruzados.

—Para quieta. Si no hiciste nada malo, no hay razón para que te sientas culpable.

No era todo culpa lo que me ponía nerviosa. Era él. Trace me ponía incómoda, pero no de una manera que diera miedo.

—Nadie me ha creído nunca. Y no me gusta hablar de ello.

Odiaba recordar lo aterrorizada que me sentía, cómo me había tendido una trampa una madre a la que yo no le importaba una mierda. Ella sabía lo que me había pasado. La llamé, y negó tener nada que ver con el delito, pero me di cuenta de que me había dejado deliberadamente para que cargara con la culpa si se descubría el robo.

—Cuéntamelo —dijo Trace con insistencia.

Tragué saliva; sabía que le debía una explicación.

—Mi madre no trabajaba mucho, pero consiguió un puesto temporal con una tal Sra. Mitchell como asistente y acompañante, justo antes de conocer a tu padre. De hecho, conoció a tu padre precisamente porque trabajaba para la familia Mitchell. Eran ricos. Probablemente no tanto como tu familia, pero estaban bien acomodados. —Lo que quería decir realmente era que la familia Mitchell probablemente solo tenía millones en lugar de miles de millones, pero aun así eran increíblemente ricos—. La Sra. Mitchell le presentó a tu padre durante una fiesta.

Volví la cabeza y vi que asentía, pero permanecía en silencio, esperando a que continuara.

—Mi madre robó unas piezas de joyería muy caras a su empleadora justo antes de que terminase su trabajo temporal, durante un evento que celebraba la Sra. Mitchell por el cumpleaños de su hijo. Yo fui a la fiesta a trabajar con mi madre. La Sra. Mitchell me había ofrecido una cantidad decente de dinero para trabajar aquella noche como empleada. Servía comida y formaba parte del equipo de limpieza. No podía rechazar el sobresueldo por una noche de trabajo. Fue una decisión de la que al final me arrepentí.

—¿Cómo te culparon? —preguntó Trace con curiosidad.

Me encogí de hombros.

—Mi madre dejó las joyas en nuestro apartamento cuando se dio cuenta de que tu padre iba a tomarse la relación en serio muy rápido. No iba a arriesgarse a que la pillaran con los bienes robados, así que los dejó atrás cuando se fue a Texas con tu padre. Para cuando la Sra. Mitchell dio la alarma y se empezó a investigar el robo, mi madre ya se había ido. Encontraron los artículos en nuestro apartamento y yo era la única que estaba viviendo allí.

—Eso no basta...

Lo interrumpí antes de que pudiera decir nada más.

—La Sra. Mitchell juró que mi madre nunca le robaría nada. Tampoco hacía daño que tu padre ya le hubiera pedido matrimonio a mi madre y que ella se hubiera marchado a vivir su feliz para siempre en Texas. —No pude contener el tono amargo de mi voz—. No creo que la Sra. Mitchell quisiera creer que había juntado a tu padre con una ladrona, y no quería que algo así se hiciera público. Además, había pruebas grabadas en vídeo.

—¿Te grabaron?

Negué con la cabeza.

—A mí, no. Tuvo que ser mi madre. Las dos empezamos llevando el mismo uniforme por la tarde, pero ella se cambió de ropa poco después de llegar a la mansión porque tu padre iba a asistir a la fiesta. No quería que la vieran como a una de las empleadas. No creo que la familia Mitchell llegara a verla en uniforme. No estaban por allí cuando empezamos a montarlo todo.

—¿Lo hizo a propósito? —la voz de Trace empezaba a sonar enojada.

—Probablemente.

—Así que, ¿planeó cargarte el mochuelo?

—No creo que realmente hubiera planeado que la pillaran. No intentó vender las joyas inmediatamente. Estaban escondidas en su habitación, en el apartamento. Ya había robado antes, y nunca la habían pillado. Cosas pequeñas. Robos en tiendas y pequeños hurtos. Pero aquella vez fue a lo grande, aunque creo que tenía demasiado miedo de llevarse las joyas cuando se fue a Texas para estar con tu padre.

—¿Cómo coño la confundieron contigo en el vídeo?

—Nadie recordaba haberla visto en uniforme, y la calidad del vídeo era mala. Solo se percibía el peso aproximado, la altura y el color de pelo de la persona que se llevó las joyas. Esa descripción...

encajaba conmigo. También encajaba con mi madre. ¿De quién crees que sospecharon cuando yo tenía los artículos y mi madre separada iba a casarse con un hombre muy rico?

—¿Te enfrentaste a tu madre?

Asentí.

—Solo por teléfono. Juró que no sabía nada del tema, y me dijo que tenía que pagar por mis delitos justo antes de decirme que no quería volver a hablar conmigo nunca y colgar.

Mis supuestos delitos no eran robos de joyas; solo era culpable de un delito: haber nacido.

—¡Zorra! —explotó Trace.

No podía discutírselo. Mi madre era pura maldad. No era algo que no supiera a esas alturas.

—El jurado me condenó por unanimidad. Me habían pillado con los bienes robados, era pobre, estaba allí y llevaba el uniforme, y encajaba con la descripción del vídeo de la perpetradora. Me condenaron a cuatro años. Salí en tres por buena conducta, pero pasé un tiempo en libertad condicional.

—Dios, Eva. ¿Cómo coño se comete un error así? —Su tono era de perplejidad, pero principalmente sonaba enfadado.

—Estaba en el lugar equivocado en el momento equivocado.

Prácticamente había afrontado lo que ocurrió en el pasado. No podía cambiar mi pasado ni mi destino. Solo podía esperar tener un futuro.

—¿Cómo sobreviviste?

Yo sabía a qué se refería. Quería saber cómo había aguantado estar en prisión.

—Fue difícil al principio. Pero empecé a trabajar en la cocina de las instalaciones. Me mantuve calladita y no me metí en problemas. En realidad no hablaba con nadie. Leía mucho cuando podía hacerme con libros. El tiempo pasó. —No quería admitir que cada momento que había pasado en prisión parecía una eternidad, y que encerrarme en mí misma provocó tensiones con las otras mujeres. Cuando al final salí de la cárcel, juré que no volvería nunca. Antes la muerte.

—¿Y cuando saliste? —urgió.

—Acepté cualquier trabajo que encontraba. Mentía en las solicitudes de empleo, o estiraba la verdad. Perdí muchos puestos porque averiguaban que era una delincuente de uno u otro modo. Cuando podía, trabajaba bajo mano. Hacía lo que podía para sobrevivir.

Me agarró de los hombros y me volvió hacia él.

—¿Por qué no te pusiste en contacto con nosotros, Eva? ¡Dios! Te habríamos ayudado.

Lo miré a los ojos y pregunté abiertamente:

—¿Lo habríais hecho? ¿Lo habríais hecho, de veras? Ni siquiera sabías que tenías una hermanastra, y lo último que se me habría ocurrido a mí era que ibas a creerme. Nadie más lo ha hecho. Mi madre y tu padre ya habían muerto para cuando empezó mi juicio. ¿Por qué ibais a querer ayudarme? No soy nadie para ninguno de vosotros, y estabas lidiando con el dolor y con la pérdida de vuestro padre. ¿Sabes lo difícil que fue simplemente ir a tu despacho para tener oportunidad de hablar contigo? Si no me hubieras confundido con otra persona, ni siquiera podría haber mantenido una conversación contigo.

Trace se puso de pie y metió las manos en los bolsillos de sus vaqueros.

—Tenía que haber alguna manera de encargarse de esto y de librarte de ir a prisión por un delito que no cometiste.

Sonreí al ver su frustración, su preocupación por el hecho de que en mi caso no se hubiera hecho justicia.

—Quieres pensar que el sistema de la justicia es infalible. Yo también quería pensarlo. —Por desgracia, había aprendido lo impredecible que podía llegar a ser—. Mis ilusiones se hicieron añicos desde el momento en que se leyó el veredicto.

—Solo tenías diecisiete años, ¿verdad?

—Los tenía cuando las joyas fueron robadas, pero encontraron los artículos robados en el apartamento al día siguiente de cumplir yo los dieciocho. Mi madre murió con tu padre no mucho después de que me arrestaran, así que estaba sola. Me juzgaron como a una adulta.

—¡Joder! —Trace se pasó una mano frustrada por el pelo, cosa que lo hacía parecer aún más guapo, con ese estilo revuelto. Sabía que estaba intentando encontrarle el sentido a una situación completamente injusta.

Reconocía esa mirada, pero Trace no podía cambiar lo ocurrido, aunque fuera un Walker.

—Es Acción de Gracias. Deja que me vista y nos prepararé una comida increíble. Podemos olvidarnos de lo ocurrido durante un ratito —sugerí, levantándome para ir a darme una ducha.

A pesar de que me conmoviera que Trace tuviera fe en mí, yo seguía sin tener fe en mí misma. No quería hablar de mi pasado.

Trace me cogió del brazo al pasar y me dio media vuelta.

—Yo nunca lo olvidaré, Eva. Juro que arreglaré esto.

Mirando su gesto enfurecido, casi le creí. Pero después de tantos años y tantos fracasos, sabía que no podía huir de mi pasado.

—No importa.

Soltó mi brazo de mala gana.

—Y una mierda que no importa —gruñó.

Le sonreí mientras me zafaba de su apretón encogiéndome de hombros. Él no podía cambiar mi pasado, pero yo deseaba poder hacerle comprender cuánto significaba para mí realmente que creyera que yo era inocente. Puesto que era imposible explicarlo, me limité a seguir sonriéndole débilmente y me dirigí a la ducha.

CAPÍTULO 8

Eva

—Ha sido increíble, Eva. Es la mejor comida que he probado nunca —dijo Trace sinceramente mientras daba un sorbo a un capuchino en el salón.

Me froté el estómago, deseando haber podido comer más. El festín de Acción de Gracias había salido bien, y era la mejor comida que había probado en mi vida. No creía que se debiera tanto a mis dotes culinarias como a la cocina fabulosa de Trace. Tenía todas las comodidades y los electrodomésticos más sofisticados que había usado nunca. Suponía que sería difícil arruinar una comida en esa cocina.

—Gracias por dejarme cocinar. Tienes una cocina alucinante.

Subió una ceja mientras se llevaba la taza a la boca.

—Dices eso como si te estuviera haciendo un favor en lugar de lo contrario.

En efecto, me había hecho un favor. Me encantaba cocinar, y sus instalaciones eran el sueño de cualquier cocinero.

—Me ha gustado hacerlo.

Me sorprendí bastante cuando echó una mano para limpiar y recoger la mesa mientras yo cargaba el lavavajillas. La tarea parecía demasiado doméstica para él, pero hizo que él me gustara aún más porque no parecía importarle ayudar, aunque fuera un trabajo que no acostumbraba a hacer.

—Creo que deberías descartar la idea de trabajar en uno de los resorts e ir a la escuela de cocina. Obviamente es tu pasión. Deberías perseguirla como una carrera —farfulló Trace con expresión atenta.

—No puedo. Necesito este trabajo, Trace. —Cocinar era mi pasión, pero yo era realista. Necesitaba trabajar para sobrevivir.

—Puedo ayudarte a conseguir lo que deberías haber tenido, Eva. Quiero hacerlo.

Negué con la cabeza.

—No. Ya me has ayudado bastante.

—Nada de lo que haga será suficiente para deshacer el pasado.

—No es tu responsabilidad intentar arreglarlo —le dije tranquilamente.

—Soy tu hermanastro —discutió.

Se me escapó una risa entre dientes. Si iba a jugar la carta de que era su familia, sabía que estaba desesperado. Normalmente prefería no reconocer que estábamos emparentados por matrimonio.

«Probablemente porque me folló anoche».

—¿Qué? Soy tu familia —dijo obstinadamente.

—No tenemos lazos, Trace. Y lo sabes. No me debes nada y, aunque lo hicieras, me has hecho un gran favor dándome trabajo.

El hecho de que mi madre se hubiera casado con su padre no quería decir absolutamente nada. Él ni siquiera había conocido a mi madre, así que no era como si pudiera sostener que estuviéramos conectados a través de ella.

—No te lo estoy ofreciendo por nuestros lazos. Quiero hacerlo porque tienes un talento real, Eva. Deberías ser capaz de hacer lo que quieres hacer.

—¿De verdad? —pregunté con dudas. Trace era joven cuando murió su padre, demasiado joven como para hacerse cargo de las responsabilidades del mundo de la manera en que lo hacía ahora.

Se encogió de hombros.

—Principalmente. Siempre supe que algún día ocuparía el lugar de Papá. Sebastian no estaba interesado en los negocios, y Dane es un artista increíble. Yo no creía que ninguno de los dos tuviera deseos de ser el sucesor de Papá.

—¿Nunca quisiste algo diferente?

—Quería que las cosas hubieran salido de manera diferente. Quería que Papá se hubiera quedado conmigo mucho más tiempo del que vivió, joder. Y quería que Dane nunca hubiera tenido que experimentar tanto dolor como experimentó. Quería tomarme un tiempo para sacar el máster de Dirección de Empresas y trabajar un poco para perfeccionar mis habilidades de artes marciales mixtas. Competí un poco en la universidad, pero... quería más.

—¿Haces MMA? —Vale, estaba sorprendida, pero tal vez no debería haberlo estado. El hombre se movía a la velocidad del rayo, y resultaba evidente que entrenaba.

—Solo como pasatiempo.

—¿Terminaste el máster?

—Por supuesto. Tardé un poco porque estaba ocupando el cargo de Papá en la empresa, pero terminé.

«¡Claro que lo hiciste!».

¿Había algo que Trace Walker no pudiera hacer? Obviamente, lo único que no podía conseguir era dirigir las vidas de sus hermanos.

—Así que, ¿ahora tus hermanos no forman parte de la empresa?

Sentía curiosidad.

—No. Solo yo. Compré sus partes porque no querían las mismas cosas. Ambos son hombres increíblemente ricos, pero ya no forman parte del conglomerado Walker. No es lo que querían.

—¿Qué quieren? ¿Qué quieres tú?

—Creo que más o menos están haciendo lo que quieren —dijo Trace con sarcasmo—. Sebastian hace lo mínimo posible cuando se trata de trabajar, y Dane vive fuera de la sociedad, en una isla privada. Su trabajo es por encargo, pero no hace apariciones personales.

—¿Tan malas son sus lesiones? —Me preguntaba qué había hecho que Dane se separase por completo.

—No lo sé. Es mi hermano. Nunca lo he mirado como nada más que mi familia. Supongo que ya no me doy cuenta de sus cicatrices.

—Estás preocupado —observé.

—Sí. —Trace sonaba reacio a admitir su inquietud.

—No eres responsable de sus situaciones actuales, al igual que no eres culpable de que se estrellara el avión. —Trace cargaba todo el peso del bienestar de sus hermanos, pero tenía que soltarlo. Sus hermanos eran adultos y tenían que encontrar su propio camino.

—Soy su hermano mayor —discutió bruscamente.

—Exacto. No eres su padre. —Necesitaba entender que incluso aunque hubiera ocupado el papel de su padre en la empresa, sus hermanos nunca iban a verlo como nada más que su hermano mayor. De hecho, tal vez terminaran resentidos con él por intentar arreglarlos.

Yo veía esos problemas con facilidad porque era ajena al asunto. Sé que, para Trace, dejarlos ir era una lucha. Intentaba actuar como si no le importara, pero le importaba mucho. Tal vez demasiado. Para mí era fácil decirlo, supongo, teniendo en cuenta que yo no tenía a nadie. Pero me dolía el alma por el sufrimiento que había pasado esa familia. Y a juzgar por lo poco que contaba Trace, la familia seguía rota.

Permanecimos en silencio durante unos minutos. Trace parecía perdido en sus pensamientos. Terminé mi café y posé la taza con cuidado en la mesita que había junto a mi asiento. Él terminó el suyo unos instantes después y puso su taza usada en la mesita de café que había frente a él.

—Decididamente, lo de Britney es culpa mía —confesó con una expresión estoica—. Fue detrás de Dane específicamente porque yo la dejé.

—Es una víbora venenosa —farfullé—. No es tu culpa que buscara a Dane. Eso es por ella.

El estómago me daba vueltas al pensar que una mujer podía hacer presa de un hombre tan vulnerable como Dane.

—Haces que suene como si nada fuera culpa mía. —Había humor en la voz de Trace.

—Estoy segura de que eres culpable de muchas cosas, pero no de los problemas de tus hermanos. Ambos son adultos, ricos y pueden elegir lo que quieren hacer.

—Entonces, ¿de qué soy culpable yo? —Hablaba en tono de broma.

«Eres culpable de partirme el corazón por una familia que ni siquiera he conocido. Eres culpable de hacer que me importe que volváis a estar unidos, a pesar de que siempre he odiado el nombre de Walker en el pasado. Eres culpable de hacerme cosas y hacerme sentir emociones que nunca he tenido antes. Y eso está empezando a hacerme un lío».

Respiré hondo.

—Me pareces increíblemente mandón, y odias que las cosas no vayan exactamente como quieres. Creo que tener el control es tan importante para ti porque, si lo pierdes, te haría parecerte menos a tu padre. Tal y como tú lo ves, eso sería casi imperdonable. Creo que te preocupas por el bienestar de tus hermanos más de lo que quieres reconocer. Y creo que eres un hombre extraordinariamente generoso, pero esa es una cara de ti que no permites ver a nadie.

—Creo que estás loca. —Trace fruncía el ceño en ese momento.

Subí una ceja, imitando su gesto de enfado.

—¿Tú crees?

Asintió secamente.

—Yo soy un gilipollas porque tengo que serlo. Los negocios se ponen desagradables.

—Eres distante porque tienes que serlo. ¿Crees que no lo entiendo?

Había pasado años siendo distante, con los libros como únicos amigos mientras miraba las mismas paredes de cemento y barrotes todos los días. Lo entendía. Obviamente, él no. Para él, la distancia no era deliberada. Era la manera en que vivía su vida para protegerse.

—Tal vez sí que lo entiendas —dijo de mala gana. Trace se puso de pie y me extendió una mano—. Ven conmigo.

Sabía que estaba cambiando de tema porque no se sentía cómodo hablando de sí mismo, pero lo dejé escapar. Joder, a veces había cosas con las que yo tampoco quería lidiar. Dejé que tirara de mí y seguí sus pasos mientras se abría camino hacia el despacho de su casa.

—Me preguntaste por el teléfono móvil. He hecho que te traigan unas cuantas cosas, cosas que sabía que necesitarías.

«¿Y cree que es un gilipollas?». Se me escapó el aire de los pulmones con un soplido cuando Trace llegó a su destino y señaló una pila de artículos que ocupaba la mitad del suelo de su despacho.

—¿Qué has hecho? —pregunté sin aliento.

Ya me había proporcionado un nuevo fondo de armario para representar mi papel. ¿Realmente necesitaba todo aquello?

—Tu teléfono nuevo. —Desenchufó el último modelo de iPhone del cargador y me lo dio—. Creo que tiene instalado todo lo que necesitarás.

Le cogí el teléfono de manera automática, aún boquiabierta ante la tonelada de cosas que le parecía necesario que tuviera.

Un ordenador portátil nuevo; una cámara digital; ¿un lector Kindle?

Extendí el brazo y toqué el maravilloso dispositivo que era capaz de traerme algo que adoraba profundamente: libros ilimitados.

—Pensé que te gustaría. Te he abierto una cuenta y lo he cargado con fondos de una tarjeta regalo. Puedes comprarte tantos libros como quieras.

«¡Oh, Dios mío!». Había tirado la casa por la borda sobre lo que realmente necesitaba, pero me conmovió que me hubiera estado escuchando cuando le dije que me encantaba leer.

—Trace, no necesito todas estas cosas. No son necesidades.

—Algunas mujeres discutirían eso —respondió secamente.

—Yo, no. Sé exactamente lo que necesito para sobrevivir. —Cogí otra caja—. ¿Qué es esto?

Se encogió de hombros.

—Joyas. Si estamos prometidos, obviamente te habré dado cosas. Regalos.

Dejé caer la caja al instante, repugnada al pensar en joyas.

—No las quiero.

—No, Eva. Sé cómo te sientes sobre el pasado, pero son regalos.

—Joyas, no. —Sacudí la cabeza y me alejé de la plétora de aparatos electrónicos, joyas y regalos.

—Sí. Si estuviéramos juntos, te haría aceptar cada condenada cosa que quisiera darte. —Giró y dio unos pasos hasta su escritorio para traer de vuelta una pequeña caja que no parecía nueva. Me la ofreció—. Es tu anillo de compromiso.

Tragué saliva con dificultad e intenté respirar. No podía llevar joyas caras.

—No puedo. —Se me quebraba la voz de la emoción, y los ojos se me llenaron de lágrimas.

Trace abrió la caja de terciopelo negro y sacó el anillo.

—Sí, puedes. —Tomó mi mano y me puso el anillo en el dedo lentamente—. Es necesario.

Extendí la mano cuando terminó, percatándome de que estaba temblando. El anillo era deslumbrante. De corte princesa y probablemente de varios quilates, resplandecía con un fuego que era casi cegador.

—Es precioso, pero es enorme. ¿Qué pasa si lo pierdo?

«Mierda, voy a estar aterrorizada todos los puñeteros días con esta piedra en el dedo».

—Pertenecía a mi madre, así que preferiría que no te lo quites —respondió con voz áspera.

Alcé la vista hacia él, boquiabierta.

—Dios mío. ¿No podemos coger otra cosa? —El diamante gigante tenía valor sentimental para él, y no quería responsabilizarme de perder algo que había pertenecido a su madre.

Me sonrió.

—No. Soy el primogénito. Se esperaría que mi prometida lo llevara, excepto si lo detestas.

—No lo detesto —me apresuré a asegurárselo—. Es impresionante. —Estaba diciendo la verdad. El anillo era magnífico, aunque me aterraba llevarlo en el dedo—. Pero significa algo para ti, y no quiero que le pase nada.

—No va a pasar nada. Y se ve mejor en tu dedo. Encaja casi a la perfección.

Sí, encajaba. Su madre debía haber tenido prácticamente la misma talla.

—Esa no es la cuestión.

—Tienes que llevar el anillo, y espero que lleves las otras cosas que te he comprado. Esas joyas son todas tuyas. Las he comprado.

Intenté respirar profundamente para controlar el pánico. No podía creer que le confiara una reliquia familiar que no tenía precio, además de un montón de piedras preciosas carísimas, a una mujer que había estado en la cárcel por robar joyas caras. «¿En qué estaba pensando? Sí, ha dicho que confía en mí, pero no me había percatado de cuánto... hasta ahora. Trace realmente cree que nunca podría robar nada».

Se sentó en un sillón de cuero marrón cerca de la pila de regalos, y después me cogió la mano y me sentó en su regazo de un tirón. Intenté mantener el equilibrio, y al final me enderecé con el abrazo protector de Trace a la cintura y mis brazos envolviéndole el cuello.

Lo miré desde mi posición elevada sobre sus muslos, suspirando al ver la mirada hambrienta en su cara.

—No estoy segura de poder hacer esto.

—¿Te estás retirando de nuestro acuerdo? —gruñó endureciendo su apretón.

Negué con la cabeza.

—No. Pero todo esto es abrumador, Trace. Y por razones obvias, odio la joyería.

—Esto es distinto, Eva. Y me encanta ver el anillo de mi madre en tu dedo.

—¿Por qué? —pregunté con curiosidad.

—Porque significa que, por ahora, me perteneces.

No tuve tiempo para mascullar una respuesta antes de que su mano serpentease por detrás de mi nuca tirando sin cuidado de mis labios para capturar mi boca.

CAPÍTULO 9

Trace

Desde el momento en que vi el anillo de mi madre en su dedo supe que estaba jodido. Todas las buenas intenciones de mantener las manos lejos de Eva se desvanecieron por completo de mi mente.

Sí, sabía que no debía volver a tocarla. Era virgen, y me sentía bastante mal por la manera en que me la había tirado, pero eso ya no importaba.

«Es mía, joder».

Mi mano se desplazó hasta su pelo sedoso, y lo empuñé tratando de recobrar el control mientras reclamaba su boca con tanta vehemencia como podía, mientras mi polla exigía estar dentro de ella.

El corazón me latía rápido y con fuerza contra el pecho mientras ella gemía pegada a mis labios; era música para mis oídos.

Quería volver a follármela, esta vez despacio y con suavidad como debería haberlo hecho la última vez. El problema era que no estaba seguro de cómo mantener el control con Eva. Quería poseerla en corazón, cuerpo y alma. Quería estar tan dentro de ella y hacer que se sintiera tan bien que nunca deseara a otro hombre.

En cierto modo, estaba realmente jodido desde que me di cuenta de que era virgen. Entonces me inundaron emociones primitivas que luchaban cuerpo a cuerpo con mi sentido común. Lo único en lo que podía pensar era en que ni siquiera quería que se tirase a otro hombre... excepto a mí. Joder, probablemente me habría sentido de la misma manera si no hubiera estado intacta. Estaba así de obsesionado con ella.

Rompí el beso y carraspeé contra la piel suave de su cuello.

—No voy a volver a hacer esto. No puedo follarte otra vez.

—Dios, odiaba que las emociones más nobles y elevadas se interpusieran en mi camino a la hora de conseguir lo que quería. Preferiría rendirme a las más bárbaras y coger lo que quería.

—¿Por qué?

La decepción en su voz por poco me destrozó.

—No es justo para ti. Fui un cabrón avaricioso, y ni siquiera se me ocurrió preguntarte si eras virgen. Debería haber sido diferente para ti.

«Debería haber ocurrido con un hombre al que quisieras, con alguien quien pudiera hacerte sentir especial».

Después de todo por lo que había pasado, se merecía eso y más.

—Ocurrió tal y como yo quería. Nadie me ha hecho sentir nunca como tú, Trace. Por favor, no te arrepientas —suplicó.

Ese era el problema. En realidad, no me arrepentía. Me deleitaba en el hecho de ser el único condenado que había estado dentro de ella, y eso me volvía posesivo. No me gustaba sentirme así, pero parecía incapaz de detenerme cuando se trataba de Eva.

—No me arrepiento —admití a regañadientes—. Y va a ser un infierno cuando tengamos que dormir en la misma cama.

—¿Por qué íbamos a hacerlo? —preguntó ella con voz distraída, un tono que me hacía darme cuenta de que se sentía sexualmente frustrada. De inmediato, quise satisfacer su necesidad.

—Eres mi prometida. ¿No crees que sería un poco extraño si no dormimos juntos? —Sabía que sería una señal de alarma para mis hermanos.

—Supongo —respondió melancólicamente.

—Nos las apañaremos —dije de súbito, apartándola lentamente de mi regazo antes de poder actuar siguiendo los impulsos que me bombardeaban y el instinto de volver a reclamarla.

Se contoneó al ir a levantarse, y tuve que reprimir un gemido cuando su culo exquisito se movió alrededor de mi polla. «¡Dios!». Me costó la vida no desnudarla y hacer que me montara hasta la extenuación ahí mismo, en el sillón.

Observando mientras jugueteaba con las manos, revolviéndose el pelo nerviosamente y después alisando arrugas imaginarias en los vaqueros y el suéter, sentí la necesidad súbita de protegerla. Eva ya había sufrido bastante daño en su corta vida, y no necesitaba más dolor de mi parte.

—Vamos a llevar algo de esto a tu habitación —sugerí con voz ronca mientras me ponía de pie. Necesitaba una distracción o iba a perder la cabeza.

—Es demasiado, Trace. Entiendo que tengo que llevar el anillo, pero las otras cosas... —hizo aspavientos en el aire.

Sonreí porque tenía que hacerlo. ¿Qué clase de mujer no quería aceptar regalos?

«Solo Eva».

¿Y se preguntaba por qué confiaba en ella? De acuerdo, era más un instinto que una prueba, pero apostaría mi vida a que no era culpable de sus supuestos delitos. Mi instinto nunca me fallaba. Por desgracia, no podía borrar el dolor que había sufrido en el pasado. Pero iba a darle un mejor futuro, aunque tuviera que pelearme con ella para hacerlo. Yo ganaría. Siempre lo hacía.

—Vas a aceptarlo o estás despedida. —Intenté que mi tono fuera firme.

Era adorable cuando se llevaba las manos a las caderas y levantaba la barbilla con obstinación.

—No vas a despedirme.

No. No iba a hacerlo. Me mataría no saber dónde estaba ni qué tal le iba. Pero no dije eso.

—No me tientes —refunfuñé.

—Mañana me gustaría ir de compras. Quiero comprarle algo a tus hermanos por Navidad. ¿Puedo tomar prestado uno de tus elegantes coches?

No me importaba un bledo que cogiera cualquiera que quisiera, y no se me escapó que no había accedido a aceptar mis regalos, pero lo haría. Me parecía bien que hiciera cualquier cosa que la hiciera feliz. Excepto que aquello significaba que estaría solo en casa, y la idea no me atraía en absoluto. Había planeado ir a la oficina temprano por las mañanas y volver a casa a media tarde. Ya había movido ficha para investigar por qué había estado Eva en la cárcel exactamente y para visionar las supuestas pruebas. Iba a hacer lo que hiciera falta para corregir los males que le habían hecho tan pronto como fuera posible.

—Iré contigo —respondí, resignado—. Yo tampoco he comprado cosas para mis hermanos.

«¡Joder!». Odiaba ir de compras. Normalmente dejaba los regalos de Navidad a mis empleados.

—¿Dónde está tu árbol? —Eva me miró esperanzada.

—Mis empleados no lo han montado todavía. —Pero lo harían. Porque venía mi familia, con el tiempo acabaría teniendo un árbol de Navidad. Era otra de esas cosas que aparecían sin yo siquiera pensarlo.

Su expresión horrorizada fue casi divertida.

—No puedes permitir que sean tus empleados los que monten el árbol. Debería ser una tradición —respondió efusivamente.

—Estoy solo. ¿Qué más da? —La mayor parte de los años ni siquiera me molestaba en poner un árbol en casa.

—Importa. Yo siempre he tenido árbol, aunque tuviera que encontrar uno que hubieran tirado y montarlo con adornos caseros.

Me dio un vuelco el estómago al pensar en una Eva menor de edad más sola que la una, hambrienta y asustada. Si su madre no hubiera estado muerta, me habría sentido tentado de matarla yo mismo.

—Pondrán el árbol al final.

—O podríamos escoger uno y montarlo nosotros.

Su tono era tan condenadamente esperanzado que me destrozó. Le daría cualquier cosa que necesitara y más.

—Si quieres —accedí.

Nada me había hecho sentir mejor en la vida que Eva arrojándose sobre mí y rodeándome el cuello con los brazos, apretando todo su cuerpo adorable contra el mío. Mis brazos la envolvieron automáticamente para que recuperase el equilibrio después de su precaria inmersión en mi cuerpo, más duro.

—Gracias, Trace —dijo con lágrimas en los ojos—. Sería alucinante montar un árbol en esta casa. Se verá increíble. De verdad, no he podido decorar un árbol normal desde hace tanto tiempo, desde que Papá murió.

Un gesto tan pequeño frente una respuesta tan grande. Era casi una lección de humildad lo sencillo que resultaba hacerla feliz. También era perturbador. Si un simple árbol de Navidad podía hacerla feliz, también contaba la historia de lo difícil que había sido su vida en realidad.

—Comparemos un árbol muy grande —gruñí, frotándole la espalda con la mano. No estaba seguro de si trataba de consolarla o de calmar mi enfado.

—Todo lo que merece la pena no tiene porqué ser grande. —Retrocedió ligeramente hacia atrás y sonrió.

«Sí, soy un gilipollas, pero no me puedo resistir». Le sonreí con picardía.

—A veces es mucho más placentero si es lo bastante grande.

Lo entendió de inmediato, tal y como yo sabía que lo haría. Dándome un golpecito en el hombro, respondió descaradamente mientras ponía los ojos en blanco.

—Pervertido. ¿Contigo todo se trata de echar un polvo?

«Claro, joder». Era así desde que la conocí. Nunca he conocido a una mujer que consiga ponérmela dura todo el puto tiempo. Sí... Más o menos, lo único en lo que podía pensar era en volver a estar dentro de ella.

—Más o menos.

La risa encantada de Eva llenó la habitación, y sentí que el corazón me latía de forma irregular contra el pecho. ¡Dios! No había nada mejor que oírla sonar tan joven y despreocupada. Deseaba poder hacer que todo fuera así para ella todo el tiempo. Era joven, pero nunca había tenido mucho por lo que sonreír. Y aun así, podía reírse con cosas pequeñas, cosas en las que yo ni siquiera pensaba.

—¿Te traen el periódico a casa? —Todavía había risa en su voz.

Me encogí de hombros.

—Probablemente. —Aparecía cuando lo quería, así que suponía que me lo llevaban a casa.

—¿No lo sabes?

—No. Suele estar en la mesa por la mañana, así que supongo que lo traen a domicilio. ¿Por qué lo quieres?

Se separó lentamente de mí, y mi polla gritaba como protesta.

—Por las ofertas del viernes negro. Quería ver los cupones.

—¿Quién va de compras el viernes negro? —No es como si yo no supiera que había unas rebajas enormes el día después de Acción de Gracias. Pero nunca merecía la pena que lo pisotearan a uno para conseguir un producto en rebajas. Joder, ni siquiera dejaba que mis empleados fueran a comprar para mí hasta que se calmara la locura.

—Yo —respondió en voz baja—. Nunca he tenido mi propio dinero. Quiero conseguir buenas ofertas para los regalos.

Sonaba tan seria que no me atreví a reírme de ella.

—Hay gente que muere por conseguir esas rebajas. —No me entusiasmaba la idea de que una estampida la aplastara, y de repente me alegré inmensamente de ir con ella.

—La gente muere haciendo prácticamente cualquier cosa —se mofó—. Tal vez sea una locura, pero me parece que será divertido ir de compras mañana durante las rebajas.

«¿Divertido? ¿En serio?».

¡Mierda! Si aquello significaba que sonreiría y reiría, estaba jodido. Iría de tiendas el día más loco imaginable para comprar con tal de verla feliz.

—Bien. Pero nada de rebajas con horario fijo.

Se tapó la sonrisa con la mano, pero de todas formas sabía que se estaba riendo de mí. La brujilla. ¿Sabía que estaba haciendo cosas que normalmente no haría, sólo para verla actuar como cualquier otra chica de su edad?

Bueno, tal vez no como chicas que conociera personalmente, pero probablemente la mayoría de las veinteañeras normales. Sinceramente, no creía que tuviera ni idea de lo mucho que quería hacer que las cosas mejoraran para ella. Eva no era del tipo que manipulaba ni se aprovechaba. Simplemente se sentía alegre sobre cosas cotidianas que nunca había tenido.

—Vale. Tampoco nada de ir a las cuatro de la mañana o antes —accedió—. ¿Qué te parece ir a las rebajas de las seis o las siete en punto?

Miré su gesto suplicante, y terminó conmigo. Sus ojos oscuros eran condenadamente expresivos, condenadamente entusiastas. Me rendía a su mirada cautivadora con tanta facilidad que daba bastante miedo.

—A las ocho en punto.

Haría concesiones y esperaba que lo peor de la locura hubiera terminado a las tantas de la madrugada.

Nadie me echaría de menos en la oficina puesto que toda la empresa tenía el día libre. Era el único que iba a ir a la oficina al día siguiente, y probablemente habría sido una jornada productiva. Pero de pronto no importaba.

—Vale —accedió rápidamente—. ¿Puedo usar el ordenador? Puedo ver las rebajas en línea.

—Por supuesto. Es tu ordenador. —Iba a aceptarlo quisiera o no.

—Me refería al tuyo de sobremesa.

—Usa el tuyo. —Quería que se acostumbrara a tener sus propias cosas.

—Yo no tengo.

Cogí el ordenador portátil nuevo del suelo y se lo di.

—Vamos a buscar las rebajas. —Aquellas palabras me eran ajenas incluso al rodarme por la lengua. Nunca había mirado artículos en rebajas en toda mi vida.

—Trace, no puedo aceptar todo esto...

—Claro que puedes —insistí, enfadándome porque no quería aceptar lo que le había dado por voluntad propia.

—He herido tus sentimientos —observó en voz baja—. Por favor, entiende cómo me siento. No estoy acostumbrada a esto.

—Pues acostúmbrate —le dije con un tono malhumorado que reservaba para la gente obstinada, lo cual se ajustaba perfectamente a Eva.

Asegurándome de que había agarrado bien el ordenador, di rienda suelta a mis instintos de hombre de las cavernas, la cogí en volandas y la llevé fuera de la habitación antes de que pudiera emitir otra protesta. Yo iba a ganar. Siempre gano.

CAPÍTULO 10

Eva

Las semanas siguientes que pasé sola con Trace fueron algunos de los mejores días de mi vida. El árbol de Navidad era precioso. Una vez que lo convencí de comprar un árbol de verdad, pasamos una tarde maravillosa decorándolo... después de que Trace averiguara cómo encender las luces. Ese proceso en particular estuvo plagado de palabrotas que me hicieron reír mientras observaba cómo se peleaba con las cadenas de luces. Seguía sorprendiéndome que nunca hubiera decorado un árbol él mismo, incluso de niño.

Conseguí acceso ilimitado a su cocina, y sus empleados estaban más que dispuestos a traer cualquier cosa que quisiera del supermercado. Tomé su coche prestado unas cuantas veces para ir yo misma, y nunca parpadeó al darme las llaves de uno de sus carísimos vehículos. Yo solo deseaba que tuviera un Chevy o un Ford en su colección, algo que no me pusiera como un manojo de nervios al conducir. Por desgracia, me tocó conducir un Ferrari. Trace insistió en que era el menos caro de la colección, pero yo estaba demasiado estresada como para preguntar cuánto valía exactamente. Estaba segura de no querer saberlo.

Pocos días antes de la llegada de Dane con la trapera de Britney, estaba sentada en el salón contemplando el enorme árbol que habíamos montado juntos. Trace estaba en el sofá, devorando las galletas de Navidad cubiertas de glaseado que yo había preparado antes aquel día. A juzgar por los gruñidos eufóricos que emitía entre mordiscos, le estaban gustando.

Nos preparé un café para acompañar las galletas, muy consciente de que la felicidad que había encontrado durante las últimas semanas estaba a punto de finalizar. Una vez que llegaran sus hermanos, la parte de actuación del trabajo iba a empezar. Por extraño que pareciera, no iba a resultarme difícil fingir que me importaba Trace. Sinceramente, me estaba volviendo tan adicta a él que era patético. Al sentirme tan atraída hacia él de maneras extrañas y misteriosas, la tensión sexual siempre estaba ahí, pero también... me gustaba. Me encantaba estar con él. Hacía que me sintiera importante, como si fuera especial de alguna manera.

—Dios, Eva. No me dejes nunca. Estas son las mejores galletas que he comido en mi vida —dijo mientras se incorporaba de su orgía de galletas para coger aire.

Le sonreí por encima de la taza de café que tenía en la mano, desde mi sitio al otro lado del sofá.

—Eso también lo dijiste del tofe y de las otras galletas. —«Dios, me encanta eso de él». Adoraba la manera en que no se lo pensaba dos veces antes de hacerme un cumplido por algo de lo que disfrutara. O de lo guapa que estaba, sin importar lo descuidadamente vestida que fuera. No pasaba un solo día sin que recibiera ánimos de Trace por una u otra razón, y no estaba acostumbrada a que me elogiaran. Me llenaba de cariño como nada lo habría hecho.

Él asintió.

—Esas también estaban increíbles.

Puse los ojos en blanco, pero en secreto estaba encantada con sus halagos.

—Bueno, háblame de Dane. Estará aquí el lunes. —Era viernes por la noche, y todavía sabía poquísimo sobre su familia.

Sebastian también llegaría la semana próxima, y me sentía como si no tuviera los detalles que una prometida sabría sobre la familia de Trace.

Trace y yo hablamos de pequeñas cosas, y compartió historias de su niñez sobre él y sus dos hermanos. Sonaban como tiempos felices, pero me interesaba saber qué había ocurrido desde entonces.

—Él nunca saldría de su isla si pudiera. Tuve que convencerlo de que tenía que venir aquí por Navidad. —La voz de Trace era estoica, pero había una inflexión triste en su tono que no era capaz de ocultar.

—Dijiste que ya no notas sus cicatrices, pero ¿cómo son para alguien que viene de fuera? —No me preocupaban las cicatrices de Dane. Había visto gente bastante machacada, y dudaba que muchas cosas pudieran sorprenderme. Pero quería saber si lo habían rechazado o ridiculizado.

—Supongo que son desagradables —dijo Trace de mala gana—. Ha tenido más operaciones de las que puedo contar, pero aun así son perceptibles. Sufrió quemaduras en un gran porcentaje de su cuerpo, y se rompió muchos huesos de la cara. Está curado, pero las cicatrices siguen ahí.

—¿Habla de ello?

Negó con la cabeza.

—Nunca.

«Vale. Nota mental: no mencionar el accidente ni las cicatrices de Dane».

—Me aseguraré de que no salga el tema. ¿De qué le gusta hablar?

—Dane no es muy hablador, pero siempre está dispuesto a conversar sobre cualquier tipo de arte.

—No estoy precisamente versada en el mundo del arte —dije pensativa.

—No importa. No es como si no pudiera mantener una conversación cortés. Creció en el mundo de los ricos y superficiales.

Trace me estaba sonriendo, y le devolví la sonrisa.

—Supongo que quiero encontrar algún interés común con tus hermanos. Quiero gustarles.

—No seas nada más que tú misma y les gustarás —farfulló Trace, despreocupado.

—¿Quieres decir una delincuente convicta que no sabe nada sobre conversaciones corteses con los súper ricos?

Después de todo, era una impostora. Trace y yo acordamos nuestra historia en que nos habíamos conocido durante una fiesta donde yo estaba ayudando con el *catering*. El resto era un poco vago.

—No eres una delincuente convicta —gruñó, posando su café y el plato vacío en la mesita para fulminarme con la mirada.

—Haz una verificación de antecedentes —repliqué malhumoradamente.

—Vale —accedió sin reparos—. Dejaré que la hagas tú.

Lo miré boquiabierta, confusa, pero me levanté de un salto y lo seguí hasta su despacho.

Me senté en su enorme silla mientras enredaba con el ordenador frente a mí, encerrándome entre sus brazos, que estaban extendidos sobre el teclado.

«Dios, qué bien huele». Cerré los ojos e inhalé, a sabiendas de que nunca olvidaría su aroma masculino. Podía percibir un ligero olorcillo a sándalo, pero lo demás era únicamente su aroma, y se me hacía la boca agua por bebérmelo completamente.

—¿Eva?

Abrí los ojos de golpe y me volví para mirarlo.

—Lo siento. Mi cabeza… estaba divagando.

—Mete tus datos. Esta es la verificación de antecedentes previa para los candidatos a un puesto de trabajo. Recoge archivos públicos. Hacemos una verificación más exhaustiva si esta sale limpia. Si fueras una delincuente, lo sabríamos.

Entornando los ojos hacia la letra minúscula de la pantalla, rellené la información requerida rápidamente.

—Ejecútalo —insistió.

Presioné el botón para que empezara la verificación; el corazón me latía tan rápido que no podía respirar. Sabía qué iba a mostrar, y odiaba verlo por escrito.

—Sabes que va a salir.

Él permaneció callado, concentrado en la pantalla. Tan pronto como salió el informe, extendió el brazo por delante de mí y presionó el botón de imprimir. Cogió el informe de la impresora y lo ojeó rápidamente. Después lo lanzó frente a mí.

—Está limpio —anunció con suficiencia.

Mi palma sudorosa agarró los papeles y rebuscó entre las pocas páginas que había imprimido. Mis antiguas direcciones estaban anotadas, así como mi empleo del instituto.

«No está aquí».

—El informe no es lo bastante extenso —razoné.

—Y una mierda. Recoge cualquier antecedente criminal registrado. El tuyo está limpio.

Sacudí la cabeza, desconcertada al pensar por qué no aparecía.

—No es posible.

—No está aquí porque los han eliminado.

Volví la cabeza para mirarlo boquiabierta.

—¿Cómo?

—Después de limpiar el vídeo, resultaba evidente que era tu madre y no tú. Era un vídeo de mierda que no demostraba nada, pero tengo la tecnología para hacer que se vea con más claridad. También tuve una charla con la Sra. Mitchell, y una discusión con la fiscalía. Sabía que no querías pasar por un proceso largo, así que... lo eliminaron de tu ficha.

«¿Eliminado? ¿Cómo es posible que años de mi vida adulta desaparezcan sin más?».

—Lo has hecho tú. —Dudaba que la fiscalía fuera a eliminarlo sin más de mis antecedentes.

—¿Acaso importa cómo haya ocurrido? Ya no está.

«No, no importa realmente». Tanto si Trace había realizado el milagro él solo como si había tenido ayuda, me había librado del pasado.

—No. No, no importa.

—Nunca borrará lo que tuviste que soportar, Eva. Pero es justo que no tengas que vivir con el delito en tu ficha.

—Soy libre —farfullé maravillada—. No tengo que preocuparme de volver a perder un trabajo por mi historial delictivo.

—No. Te prometo que los antecedentes no volverán a aparecer nunca en ningún sitio.

Se me llenaron los ojos de lágrimas que empezaron a caer por mis mejillas. ¿Cómo podía una persona agradecerle a otra el haber hecho algo así?

—No sé qué decir. No sé cómo darte las gracias.

—Puedes empezar por no volver a mencionar este tema nunca, y por no menospreciarte por tener antecedentes. No los tienes. Ya, no.

Mientras seguía observándolo a él y la feroz luz verde en sus ojos, empecé a sollozar. No fue delicado ni atractivo. Los sonidos torturados que escapaban de mi boca suponían un desahogo del dolor que llevaba atrapado en mí durante mucho tiempo. Resultaba casi doloroso liberar aquella angustia de su confinamiento.

Trace no dijo una sola palabra. Se limitó a levantarme de la silla y caminar al salón, dejando que me liberara de la agonía del pasado.

Todo mi miedo. Todo el dolor insoportable. Sentirme traicionada. Mi terror al encontrarme en prisión. Mi profundo sentimiento de soledad.

Aferrada a él, aquellos sentimientos realmente pasaron a formar parte del pasado, un pasado que no tenía cabida interfiriendo en mi futuro.

—No puedo creer que hayas hecho esto por mí —lamenté contra su hombro.

—Créelo. Volvería a hacerlo una y otra vez si hiciera falta.

—Sus brazos se apretaron mientras mecía el cuerpo, haciendo que me balanceara con él.

—Gracias. No habría sido capaz de hacer esto sin ti —dije atragantándome con las lágrimas.

—Siempre estaré aquí para ti, Eva. Ya no estás sola —respondió con voz ronca.

Lo que Trace no sabía era que él tampoco estaría solo. Me había robado un pedazo del alma y del corazón, y supe en ese mismo instante que nunca los recuperaría.

Aquella noche me costó dormir. Me levanté de la cama y deambulé hasta la cocina para coger unas galletas y un vaso de leche. Permanecí de pie en la cocina tenuemente iluminada, engullendo galletas en la encimera; mi pasado sin tacha parecía demasiado surrealista como para asimilarlo.

Añoraba sentir los brazos de Trace rodeándome, su cuerpo fuerte y duro refugiándome. Me había abrazado durante lo que parecieron horas antes de que finalmente nos diéramos las buenas noches, y ahora me sentía sola.

«Sé que voy a tener que acostumbrarme a estar sola en breve». Racionalmente, lo entendía, pero no podía sofocar el anhelo de mi cuerpo y de mi mente en ese momento.

Tragué lo que quedaba de mi galleta y lo regué con leche antes de poner la taza en el lavavajillas.

Cogí el teléfono que acababa de cargar en la encimera y busqué el número de Isa. Por fin le había dicho la verdad durante una larga conversación telefónica unos días antes aquella semana. Había estado evitándola porque me avergonzaba el hecho de que hubiéramos arreglado que yo fuera a la escuela de cocina pero en lugar de eso terminara en prisión. La vergüenza había hecho que no la llamara antes, pero Trace me instó a que me pusiera en contacto con ella. Desde que había borrado mis antecedentes y demostrado mi inocencia, mi bochorno por fin se había desvanecido.

Isa me consoló y me dejó hablar de mis inseguridades. También me animó a seguir con mis planes de ir a la escuela de cocina puesto que Trace me había dado suficiente dinero para empezar. Yo no sabía exactamente qué iba a hacer, pero Isa se había ofrecido a estar ahí para cualquier cosa que necesitara, y planeamos quedar a comer después de las vacaciones.

Ella lo sabía todo, incluso que sentía algo por Trace. No había admitido que me había acostado con él, pero ella adivinó la verdad.

«¿Estás levantada?». Le envié un mensaje corto. Se estaba haciendo tarde, pero supuse que, si estaba dormida, no respondería.

Mi teléfono sonó segundos después.

—¿Todo bien? —preguntaba Isa con inquietud.

—Todo bien. No quería molestarte.

—No me molestas. Estoy esperando a Robert levantada. Ha tenido una emergencia en el trabajo.

Se me llenó el corazón. Isa parecía increíblemente feliz.

—Lo quieres.

—Con todo mi corazón —admitió Isa con alegría—. ¿Qué tal está Trace?».

—Está bien. En la cama. Yo no podía dormir.

Charlamos de cosas sin importancia durante un tiempo, poniéndonos al día de lo que habíamos hecho durante la última semana.

—Suenas como si estuvieras loca por Trace —observó Isa.

—Creo que lo estoy.

—Entonces no lo dejes escapar, Eva —dijo con firmeza.

—Tengo que hacerlo, Isa. No tenemos futuro, y no me quiere para siempre.

Ella suspiró al teléfono.

—En algunos casos, hay que tomarse las cosas día a día. Yo tampoco creía que Robert y yo tuviéramos futuro, pero un día nos dimos cuenta de que no queríamos separarnos. No ocurrió de la noche a la mañana. A veces tienes que estar abierta a dejar que las cosas crezcan de manera natural.

Con Trace, no estaba segura de que las cosas no hubieran crecido hasta convertirse en una selva para mí.

—Él es un multimillonario, y yo una mujer que ha estado en prisión. ¿Qué clase de combinación demencial es esa?

—Robert es rico y yo soy una chica del lado equivocado de las vías —me recordó Isa.

—Pero tú te has superado a ti misma...

—Exactamente igual que lo harás tú. Sé paciente, Eva. Date un respiro. Trace sería afortunado de tenerte. No hay muchas mujeres a las que no vaya a preocuparles únicamente su dinero.

—Su dinero no importa —admití—. Es sólo... él.

—Entonces lucha por lo que quieres. Dios sabe que eres lo bastante obstinada. Ya has aguantado tu infancia y un mal comienzo como adulta. Te mereces un poco de felicidad.

Hablamos un poco más, y entonces concretamos planes para quedar tras las vacaciones. Después de colgar, pensé en nuestra conversación, preguntándome si tenía que ser atrevida y vivir el momento para variar.

«Ve. Búscalo. Llévate todo el placer que puedas conseguir por ahora. Disfruta de la fantasía, porque la realidad caerá sobre ti demasiado pronto».

Yo no era del tipo de mujer que vivía para el presente. Pero ya había planeado mi futuro una vez, y todos aquellos sueños nunca se realizaron. Tal vez debería aprender a vivir el presente, a coger lo que quisiera.

«Ahora mismo, Trace es todo lo que necesito».

Me preguntaba si seguía deseándome, pero estaba bastante segura de que nuestra atracción era mutua y ardiente. La tensión entre nosotros se palpaba cada vez que estábamos juntos, y nos estaba fastidiando a ambos. Mi cuerpo reclamaba satisfacción a gritos, y yo no me sentiría saciada sin él.

En silencio, me moví por la casa y encontré mi camino hasta su habitación en la oscuridad casi total. Había unas cuantas luces nocturnas encendidas, pero la mayor parte de la casa estaba a oscuras.

—No sé si puedo hacer esto —susurré para mis adentros al llegar a la puerta del dormitorio de Trace.

«Oh, sí, sí que puedo hacerlo. Quiero hacerlo». Necesitaba estar cerca de Trace en ese preciso instante, y si tenía que exponer mi anhelo por él para que me concediera mi deseo, no me importaba un comino.

Giré el picaporte y abrí la puerta de un empujoncito, aliviada al encontrarla abierta. Sus persianas no estaban bajadas, y la luz de la luna iluminaba su forma durmiente a medida que me acercaba a la cama.

«Dios, es precioso». Sobre su espalda, la sábana y la colcha hasta la cintura; mi sexo palpitó ferozmente al entrever el pecho escultural de Trace. Parecía más relajado mientras dormía, pero tan atractivo como siempre. Un mechón de pelo le había caído sobre la frente, y tuve que apretar el puño para contenerme de colocarlo en su sitio con suavidad. Parecía una estatua perfectamente esculpida sin una sola imperfección, y el corazón casi se me salió del pecho como un cohete.

Aparté la vista de él, incapaz de ocultar mi deseo ni mis pensamientos carnales. Deseaba a Trace Walker de una manera muy elemental y confusa. Era imposible negarlo. Deseaba tocarlo desesperadamente, dejar que me reclamara de la misma manera en que lo había hecho unas pocas semanas antes.

Antes de tener oportunidad de pensar, me deslicé en la cama junto a él.

—¿Eva?

Tuve que responder.

—Sí.

—¿Por qué estás aquí? ¿Pasa algo? —Su tono era bajo, masculino y ronco de sueño, pero su preocupación se hizo presente de inmediato.

—Al final tendremos que dormir juntos. Pensé que... —«Dios, ni siquiera sé qué estoy pensando».

Mi cuerpo quedó aprisionado con rapidez cuando él dijo:

—No puedo tenerte en mi cama y no follarte, Eva. No es posible.

—No puedo estar aquí y no desear que lo hagas —admití con voz trémula.

Trace rodó en la cama hasta ponerse sobre mí, haciéndome cautiva con el peso de su cuerpo. No le veía los ojos, pero podía distinguir su gesto torturado.

—No tengo nada que hacer contigo, Eva. Pero, puesto que has venido hasta aquí, dudo que pueda echarte. Te deseo demasiado, joder.

Sonaba como una amenaza, pero me lo tomé como quise. Él me deseaba, y eso era todo lo que me preocupaba.

—Quiero estar contigo, Trace. No estaría aquí si no quisiera.

—Supongo que no estás tomando anticonceptivos.

—De hecho, sí. Los tomo desde que tenía dieciséis años. —Lo último que necesitaba era un embarazo no deseado. A pesar de que estaba cómoda allí, había vivido en un barrio peligroso. Me habían dado la píldora tanto para protegerme de lo impensable como para ayudar con mis reglas irregulares.

—¡Dios! Espero que confíes en mí, y que sepas que no te lo haría sin condón a menos que creas que me he hecho revisiones y que estoy limpio.

—Te creo —contesté sin respiración. Confiaba plenamente en él.

—Bien. Porque no tengo condones. Pensé que si me deshacía de todos, no volvería a sentir tentación de follarte otra vez. Pero no estás de suerte —advirtió.

Sonreí en la oscuridad y rodeé su cuello con los brazos, acariciándoselo con los dedos.

—Tal vez quiera sellar mi propia perdición —bromeé.

—Entonces has tenido éxito. —Se abalanzó y cubrió mi boca con la suya.

CAPÍTULO 11

Eva

Me regodeé en el perfume y la sensación de Trace, negándome a sentirme culpable por coger lo que quería. Sabía que no me arrepentiría de estar con él. De hecho, era lo que quería, o de lo contrario no estaría allí. Había sido virgen durante demasiado tiempo, y estaba impaciente por elevarme hasta donde sólo Trace podía llevarme.

Nuestras lenguas se batían en duelo y se enredaban, y sentía la subida y bajada rápidas de su pecho sobre mí mientras su cuerpo descansaba en el mío. Odiaba el sencillo camisón de algodón que separaba nuestros cuerpos, y quería que desapareciera. Mis pechos estaban duros y sensibles, y todo lo que deseaba era sentir a Trace piel con piel.

Su boca salvaje me consumía, y le devolví exactamente lo mismo que me estaba proporcionando él: pasión, desesperación y el increíble deseo de unir nuestros cuerpos para calmar la necesidad acuciante de mi cuerpo y de mi alma.

Finalmente, liberó mis labios y trazó una línea de besos ardientes con lengua por la piel sensible de mi cuello.

Levanté las caderas, tensándome mientras gemía:

—Te necesito, Trace. Fóllame.

—Más despacio esta vez, cariño —exigió.

—Rápido. Duro. Y tan profundamente como puedas —argumenté, sabiendo lo que necesitaba mi cuerpo.

—No. Antes no pude saborearte. Pero esta vez voy a hacerlo aunque me mate —respondió con convicción contra mi piel.

Yo no quería que me saboreara. Quería que me follara. Dejé que mi mano se deslizara por su espalda, percatándome de que estaba completamente desnudo. La tentación de tocarlo hizo que intentara meter una mano a la fuerza entre nuestros cuerpos.

—Necesito tocarte.

—No puedes, cariño—ordenó—. Nunca aguantaría. Relájate, Eva. Deja que te enseñe lo bueno que puede ser.

Suspiré y moví una mano caprichosa por su espalda.

—No me siento relajada. Me siento desesperada —gimoteé.

—Lo sé. Pero me ocuparé de eso.

—¿Cuándo? —Mi voz era exigente.

Lo oí reírse entre dientes al quitarme el camisón, dejándome completamente expuesta porque no llevaba bragas.

—Pronto, mi dulce Eva. —Tiró al suelo la prenda que me había quitado.

Recorrió mi piel con la lengua, probándome a medida que se abría camino hacia abajo por mi cuerpo. Cuando cubrió uno de mis pechos con la palma de la mano, perdí la respiración.

Gemí mientras su pulgar acariciaba el pezón hinchado a la vez que su boca descendía sobre el otro. Mi cuerpo palpitaba, y su roce me abrasaba. No estaba segura de sobrevivir su paladeo.

—Por favor, Trace. Te necesito.

—Yo también te necesito, cariño. Pero deja que te satisfaga.

—Se deslizó más abajo, y su lengua jugueteó sin prisa con mi ombligo, para después dejar un sendero de llamas que descendían hasta mi bajo vientre.

Mis dedos se aferraron a un trozo de la sábana bajera cuando su aliento cálido sopló sobre mi coño.

—Dios. Sí. —Apenas podía pronunciar las palabras.

Separó más mis piernas, alejándolas una de otra. Cogió una almohada y la colocó debajo de mi culo, llevando su cara a la altura la parte de mí que más necesitaba su atención.

Después, sin dudas, me devoró. Su lengua se lanzaba entre mis pliegues y mi sexo saturado, lamiendo mis jugos como si no pudiera saciarse.

—Trace. Oh, Dios. Por favor. —Necesitaba el desahogo, y me aferré a las sábanas con más fuerza; necesitaba agarrarme a algo para mantenerme anclada.

Su lengua rodeó el palpitante haz de nervios varias veces juguetonamente, antes de coger mi clítoris dilatado entre los dientes y moverlo sin cesar con la lengua, una y otra vez.

Grité cuando usó la otra mano para sumergirse en mi canal con un dedo, y después añadió otro. La sensación de estiramiento ardía, pero no dolía. De alguna manera, encontró ese punto sensible que había dentro de mí y acarició mi punto G con cada puto roce de sus dedos.

Mi espalda se arqueó; mi cuerpo estaba sobrecargado de sensaciones mientras me follaba con los dedos y me calentaba el clítoris con su lengua pérfida.

El clímax empezó en mi vientre, con los músculos tensándose y relajándose mientras empezaba a sentirme abrumada.

Lo necesitaba a él; necesitaba aquello.

—Sí —gemí en voz alta cuando mi clímax inminente se convirtió en un torbellino de sensaciones asombrosas. Cerré los ojos, deleitándome en el orgasmo inminente.

Trace no aflojó. Me folló más fuerte con los dedos, estimulando mi clítoris con una fuerza que me dejó pasmada.

—¡Trace! —grité cuando el clímax me golpeó de lleno, sacudiendo mi cuerpo con intensidad.

Me estremecí al llegar a la cresta, arqueando la espalda desde la cama mientras Trace mantenía el ritmo, sin darme otra opción que correrme intensamente.

Respiré entrecortadamente mientras descendía en una espiral, sin aliento cuando él lamió la prueba de mi desahogo como si estuviera desesperado por degustar hasta la última gota.

No tuve tiempo de reponerme. Rodó sobre sí mismo y al instante me encontré encima de él, montándolo a horcajadas mientras mi sexo, aún palpitante y húmedo, presionaba contra sus abdominales definidos.

—Coge lo que desees Eva —carraspeó Trace—. Pero, por Dios, hazlo ya.

—Te deseo a ti. —La respiración seguía entrando y saliendo de mis pulmones a un ritmo rápido. No se debía a que no me hubiera recuperado, sino a que seguía jodidamente necesitada, desesperada por que Trace me penetrara.

—Entonces, hazlo. No puedo esperar mucho más.

El deseo feroz en su voz me espoleó. No tenía ni idea de cómo hacer eso, pero iba a encontrar la manera.

—No estoy segura de qué estoy haciendo. —No es que quisiera recordarle que era bastante inexperta, pero necesitaría su cooperación.

Sus manos me agarraron del culo bruscamente.

—Guíame hacia tu interior.

Hice lo que pedía, con una mano envolviendo su enorme miembro mientras lo conducía hacia mi vaina. Lo solté cuando él tomó el control, moviéndome con la presión que ejercía sobre mi trasero y empujándome hacia abajo con fuerza.

La sensación al dilatarse mi sexo fue sublime cuando bajé mi cuerpo con su ayuda, jadeando cuando se situó totalmente en mi interior.

—Sí. —Lancé la cabeza hacia atrás e hice rodar las caderas.

—Ahora, fóllame —dijo Trace con voz áspera.

Empecé a moverme, mientras él me guiaba con su firme sujeción sobre mi trasero.

—¡Ah, Dios! —Roté las caderas, probando la sensación de tenerlo en esa postura, deleitándome con el placer que sentía solo con tener nuestros cuerpos conectados.

Me deshice en él mientras me sostenía firme y empezaba a embestir hacia arriba, dentro de mí, una y otra vez.

Cada golpe de sus caderas me reclamaba, me consumía hasta que no podía pensar en nada más que en saciar nuestros deseos. Incliné el tronco, dejando que mi piel se deslizara contra la suya. Tenía los pezones duros y apretados, e inspiré bruscamente al estimularlos hasta la agonía mientras los deslizaba contra su pecho húmedo.

Puse las manos a ambos lados de su cabeza, mirándolo mientras mantenía su ritmo castigador dentro y fuera de mi canal. La expresión en su rostro parecía contenida. No le distinguía los ojos, pero sabía que, si fuera posible, los vería echando fuego.

—Eres jodidamente estrecha —gruñó.

Teniendo en cuenta que era prácticamente virgen, aquello era muy posible.

—¿Te estoy haciendo daño? —su interrogante fue agudo y torturado.

—No. Te siento a la perfección.

Incliné la cabeza y lo besé, probando mi sabor en sus labios. Fue erótico, sensual; cada movimiento que hacíamos realizado con fuego carnal.

Su mano se hundió entre nosotros y sus dedos rasguearon sobre mi clítoris, haciendo que empezara otro orgasmo que pensé iba a matarme.

—No puedo. Otra vez, no.

—Otra vez —insistió, gimiendo mientras mi vagina palpitaba y empezaba a apretarle la polla.

—Joder. ¡Eva!

Caímos juntos por el abismo, nuestros cuerpos aún conectados mientras se desahogaba en mi interior.

—Jodidamente bueno —escupió Trace con voz gutural.

Mi corazón y mi cuerpo se hicieron eco de sus palabras, pero yo no podía hablar. No importaba que Trace me estuviera dando tutorías, literalmente, ni me importaba que la técnica no fuera perfecta. Lo único que era realmente importante era el placer rebosante que se derramó de mi cuerpo y encontró su camino hasta mi corazón.

Dejé descansar mi peso sobre Trace, ambos dando bocanadas de aire. En mi corazón, supe desde el momento en que me metí en su cama que había sellado mi destino, pero mi atracción por Trace era demasiado feroz, demasiado fuerte para resistirme. Quería creer que podía vivir para el presente, pero sabía que mañana llegaría y que pagaría por las cosas que habíamos hecho con un corazón roto.

Me estaba enamorando de Trace Walker.

Tal vez nunca hubiera estado enamorada, pero sabía lo que no era, y la manera en que me sentía por él era distinta de nada que hubiera experimentado antes. Era como el *crack*, una adicción de la que no podría alejarme si pudiera volver a echarle mano.

Dejé que mi cabeza descansara en su hombro húmedo mientras mi cuerpo subía y bajaba con su respiración dificultosa.

—Debería moverme. —Él respiraría mucho mejor si me limitara a mover el culo.

Sus brazos se estrecharon en torno a mí, su agarre como una prensa de acero.

—No te muevas. Estás exactamente donde te necesito ahora mismo —insistió con voz ronca.

Suspiré y me relajé en su cuerpo, sintiéndome más segura de lo que me había sentido en toda mi vida. Trace se había convertido en la única cosa estable de mi vida, un hombre al que le importaba. No es que me hubiera convencido de que me amaba, pero su abrazo posesivo sobre mi cuerpo gritaba que me deseaba, que le importaba. Me aferré a eso con fuerza, intentando no pensar en el día en que tuviera que alejarme de él.

Sus labios rozaron mi frente con ligereza.

—Eh, ¿estás bien, corazón? —preguntó adormilado.

—Estoy bien —le aseguré. Y no mentía. Me sentía feliz, contenta. Siempre y cuando no pensara en el futuro.

—No siento que estés aquí. Quería que vinieras a mí, Eva. Pero tengo que saber por qué.

Dejó que me moviera a su lado, pero acurrucó mi cuerpo contra el suyo, manteniéndome apretada contra su costado mientras añadía:

—No me dejes nunca. —Enterró su rostro en mi pelo, agarrado a mi cuerpo fuerte y posesivamente.

Su voz sonó ligeramente desconcertada y vulnerable. Se me encogió el corazón en el pecho al pensar en el hecho de que Trace tenía sus propias debilidades. Todos a los que había querido en su vida lo habían dejado. Su padre, su madre y, hasta cierto punto, sus hermanos. Dane se había retirado de la vida, y Sebastian seguía intentando averiguar quién era mientras Trace intentaba hacer que creciera más rápido de lo que él quería. En realidad, Trace estaba tan solo como yo, a pesar de que él tenía el dinero para hacer lo que quisiera.

«No es feliz».

Había sido capaz de sentir su intensidad y su inquietud desde el momento en que nos conocimos. Tal vez porque me identificaba con cómo se sentía.

—Se supone que esto es temporal —susurré para mí, en voz lo bastante baja como para que no me oyera, mientras me embriagaba del aroma almizclado de Trace y de la alegría que experimentaba entre sus brazos—. No voy a ninguna parte —le dije en tono más alto.

—Bien.

Suspiré y me olvidé del futuro. Gracias a Trace, tenía cosas por las que entusiasmarme, cosas que nunca pensé que tendría debido a mi pasado. No quería estropear la perfección del ahora pensando en un mañana apocalíptico.

Me acurruqué contra él y me regodeé en la novedad de sentirme a salvo y protegida. Me deleité en el hecho de que me quisiera junto a él en ese momento. En cierto modo, él me necesitaba tanto como yo a él.

Me juré a mí misma que, antes de irme, me aseguraría de que Trace volvía a reír, de que volvía a conectar con su familia. Quería hacerlo tan feliz como él me había hecho durante las últimas semanas. Se lo merecía, y todo lo que yo tenía para darle era a mí misma, mi corazón.

Su respiración se tornó relajada y regular, y supe que se había dormido. Ladeando la cabeza, besé su mandíbula áspera y me dejé seguirlo hacia un sueño apacible, nuestros cuerpos entrelazados como si nunca fueran a volver a separarse.

CAPÍTULO 12

Trace

«**E**lla». ¡Zas! «Es». ¡Zas! «Mía». ¡Zas! «¡Joder!». ¡Zas, zas, zas!

Paré; llevaba más de una hora dándole una paliza a mi saco de boxeo. Por desgracia, aquello no ayudó a aplacar la posesividad rampante que llevaba aporreándome desde que me tiré a Eva la noche anterior.

Estaba jodido, completamente adicto a ella, y estaría condenado si se marchaba algún día. Era como una luz para mi alma oscura, y estaba disfrutando de la iluminación y del calor. Ahora la necesitaba y no podía dejarla marchar.

Me pasé una mano enguantada por la frente. Estaba sudando como un pollo, pero no quería dejar de descargar mis frustraciones sobre mi pseudocontrincante. Si lo hiciera, temía perder la cabeza por completo.

—Tengo que irme —gruñí irritado mientras cogía una toalla al dirigirme hacia la ducha.

Eva y yo teníamos que irnos de casa en breve. Ya me había comprometido a asistir a la fiesta de Navidad de la empresa, y no quedaría bien que el jefe no hiciera una aparición. Sinceramente, preferiría quedarme en casa, llevarme a Eva a la cama y follármela hasta entrar en razón.

—No puedo. —Mi voz era áspera y baja al abrir el agua fría de la ducha del gimnasio mientras hablaba solo. «¡Dios! En serio, estoy hablando solo, sin cesar, como si fuera un histérico».

Me metí bajo el agua fría sin siquiera hacer una mueca. Me estaba acostumbrando. Nunca había necesitado una ducha de agua fría hasta que la conocí. Ahora, me estaba convirtiendo en un desconocido de la sensación del agua caliente.

Meneándome la polla dura, todo lo que quería era correrme, pero ya sabía que eso no ayudaría. El desahogo nunca duraba más de un par de minutos. Todo lo que tenía que hacer era verla y se me ponía dura otra vez, como si no me hubiera corrido nunca.

—¡Joder! —froté mi cuerpo sin piedad, intentando sacarme su perfume de los poros. No funcionó.

No era que no me gustase Eva. Dios, estaba obsesionado con ella. Pero no me gustaba necesitar a nadie, y desde luego que no quería sentir que necesitaba estar con ella para poder respirar. Era una situación condenadamente desamparada en la que encontrarse, y también odiaba eso, joder.

Por primera vez en mucho tiempo, mis emociones estaban fuera de control. Había intentado mantenerme alejado de ella ese día, seguro de que sería capaz de recomponerme. Después de sacar algo de trabajo en el despacho, llamé a Dane y a Sebastian para ver a qué hora llegaban. Finalmente, bajé allí, al único lugar que se me ocurría donde intentar dejar de pensar en Eva.

Al terminar, cerré el grifo, salí de la ducha y cogí una toalla. Mientras me secaba el cuerpo velozmente, me pregunté qué había en ella que no me dejaba pensar una sola cosa que no nos incluyera a los dos desnudos.

«No es solo sexo».

No. No lo era. Si mi atracción por Eva fuera meramente carnal, a esas alturas ya se estaría menguando. En lugar de eso, estaba empeorando. Incluso en ese momento me preguntaba en qué estaría pensando, qué estaría haciendo. Más que nada, quería estar cerca de ella, respirar el mismo aire que respiraba ella.

Tiré la toalla en el cesto abierto.

—Tengo que estar loco, joder —carraspeé, temiendo por mi cordura.

No podía alejarla; no podía estar cerca de ella sin que mis emociones se sobrecargaran.

Disgustado conmigo mismo, corrí escaleras arriba hasta mi habitación, sin saber si estaba decepcionado o aliviado cuando me encontré la habitación vacía. Quería que Eva estuviera allí. Quería que invadiera mi vida de la manera en que solo una mujer podía hacerlo.

Me vestí rápidamente después de mirar el reloj y percatarme de que ya debería estar saliendo por la puerta. Aunque no era como si importara. Ninguno de mis empleados necesitaba que me lo pasara bien en el club de campo de postín donde se estaba celebrando la fiesta.

Pero odiaba llegar tarde. Nunca llegaba tarde.

Me puse el esmoquin negro con rapidez, y me preparé en un tiempo récord. Salí de la habitación sin mirar atrás; no quería que mi mirada se posara sobre la enorme cama de dos metros de ancho donde me había follado a Eva la noche anterior como si mi vida dependiera de ello.

Saliendo con prisas, casi choqué con ella al entrar al vestíbulo. La sujeté desde el momento en que su cuerpo se estrelló contra el mío.

—Siento llegar tarde —dijimos los dos al unísono.

No pude evitar sonreírle cuando dio un paso atrás.

Extendí el brazo para poder tirar del cuello de la camisa blanca formal; de repente tenía calor. Mis ojos devoraron a Eva, su cuerpo curvilíneo y femenino envuelto en el mismo vestido rojo que gritaba «¡fóllame!» que me había perseguido desde que puse los ojos sobre él hacía unas semanas.

—¿Vas a llevar... eso?

Se le cayó la cara.

—Sí. Dijiste que era formal. ¿Me queda mal?

—No. —Se la veía increíblemente sensual; el material sedoso se pegaba a su cuerpo en zonas que probablemente deberían ser ilegales. Para los estándares de hoy en día, el vestido era modesto, pero yo sabía que dejaba su espalda al desnudo y mostraba la delicada línea de su cuello. Dejaba expuesta demasiada piel cremosa, y yo lo odiaba—. Estás guapísima.

Se había recogido el pelo con un estilo elegante, sujeto en la parte superior de la cabeza. Su maquillaje era perfecto, y no había ni una sola cosa fuera de lugar.

—Gracias. —Jugueteaba nerviosa con su vestido.

—No. Estás perfecta.

Dejó de jugar con la prenda para mirarme; los ojos le brillaban con inseguridad.

—¿Eso crees? No parecías muy seguro.

—Estoy celoso. No quiero que ningún otro hombre te vea con este vestido. Temo que alguien te lleve. —Era sincero. No quería que se sintiera incómoda justo cuando empezaba a encontrar su autoconfianza.

Su sonrisa valió la pena por mi confesión.

—Eres un mentiroso de mierda —me dijo riéndose—. Pero me encanta.

Cogió el brazo que le ofrecía y la conduje escaleras abajo, sin admitir que hablaba completamente en serio de mis miedos.

Si hubiera sentido preocupación sobre si Eva sería capaz de relacionarse con mis empleados, cosa que en realidad yo nunca hacía, todo rastro de duda se disipó al observarla desde su lugar junto a mí en la cena. Su sonrisa era genuina, y su interés por la gente era sincero. Era como si mis conocidos sintieran que realmente le interesaban sus vidas. Y no tenían ningún problema para hablar de sí mismos.

No había nada ensayado ni falsamente cordial en Eva. La gente se sentía atraída por su sonrisa de manera natural.

Podía sentirme identificado con eso. Mi polla estaba dura constantemente porque esa sonrisa me afectaba tanto como a ellos.

Después de cenar, la gente se agrupó; la mayor parte eran amigos de la misma zona del trabajo, o empleados que trabajaban en el mismo departamento.

Yo intentaba parecer interesado en lo que me estaba diciendo el vicepresidente de Walker Corp., pero no quería oír hablar de trabajo. «Es una puñetera fiesta de Navidad, por Dios». ¿No era capaz de cerrar la boca durante cinco minutos y dejar de hablar de asuntos de trabajo?

Finalmente, subí una mano para silenciarlo.

—Es una fiesta de vacaciones, Turner. ¿No podemos dejar los negocios al margen durante una noche?

—Por supuesto, señor —respondió nervioso—. Pensaba que quería los números sobre este acuerdo.

Sacudí la cabeza y observé la expresión sincera en el rostro del hombre. Trabajaba duro, y era un ejecutivo en mi empresa. ¿Cómo es que sabía tan poco acerca de su vida?

—¿Dónde está tu mujer, Turner?

—No estoy seguro. Creo que está hablando con algunas de las otras mujeres.

—Te sugiero que vayas a buscarla y le lleves una copa. —En realidad no era una sugerencia. Mi tono era bastante insistente—. Podemos hablar de asuntos de negocios la semana que viene. Diviértete, Turner. Y relájate durante un rato, tío. Tómate un tiempo para apreciar a tu familia.

Sabía que tenía dos hijos y una mujer hermosa que haría cualquier cosa por él. Era un tipo con suerte.

Asintió bruscamente. «Chico listo». No era de extrañar que lo hubiera hecho vicepresidente.

—Gracias, señor. —Dudó antes de añadir—. Feliz Navidad, Sr. Walker.

«Joder, este hombre está casi tartamudeando. ¿Suelo ser un Scrooge así?»—. Feliz Navidad, Turner.

Observé pensativo mientras Turner salía en desbandada para buscar a su mujer. Conocía cada detalle de lo que hacían mis empleados y de qué se encargaban en el trabajo. Me pareció extraño no saber siquiera cuántos años tenían los niños de Turner. «Ahora que lo pienso, no sé casi nada personal de ninguno de mis ejecutivos». Tal vez porque nunca me había molestado en preguntar. Mi negocio funcionaba como un barco firmemente dirigido, y yo era el capitán gilipollas. Por lo general, aquello no me importaba, pero al observar a Eva enterarse de más cosas personales de mis empleados durante una cena de lo que yo había descubierto durante años de trabajo, resultaba bastante patético.

No se trataba de que no me importase la gente que trabajaba para mí. Pero me había consumido tanto preocupado por lo eficientemente que funcionaba la empresa que en mi vida no quedaba sitio para nada más. O tal vez tuviera miedo de hacerme amigo de alguno de ellos. «Oh, diablos, no sé por qué soy un gilipollas; sólo sé que lo soy».

Di un sorbo a mi *whisky* escocés con hielo y miré fijamente a Eva. Estaba en el lado opuesto de la sala, y ella estaba enfrascada en una conversación con varias mujeres que eran secretarias del Departamento de Contratación. No me estaba prestando la más mínima atención, pero aun así sentía que me hacía señas de manera inconsciente, atrayéndome más cerca de ella con cada movimiento animado de su cuerpo, cada gesto adorable de su cara.

Eva había nacido para ser así: feliz, expresiva y amistosa con todo el mundo que se relacionaba con ella. Era como debería haber sido su vida… pero no lo había sido.

Supe a quién había visto desde el minuto en que vi cambiar su gesto. Sus brazos, que acababan de hacer movimientos expresivos, cayeron a los lados, y su rostro se volvió receloso, el cuerpo tenso al mirar a su derecha, al lado opuesto de la sala.

«Tal vez no debería haberla invitado. Quizás haya sido un error».

Me mató ver apagarse el brillo en la mirada de Eva, pero había cosas que merecía saber, y yo había invitado a la Sra. Mitchell con ese propósito en concreto. Ella me había suplicado que le permitiera hablar con Eva en persona, pero ni de coña iba a dejar que invadiera mi intimidad, ni la de Eva, en mi casa. Eva estaba a salvo, y quería que siguiera sintiéndose de ese modo en mi casa. Pero después de averiguar los detalles del parentesco de Eva también comprendí que tenía que saber toda la verdad.

—¡Mierda! Espero no arrepentirme de esto —dije con aspereza en voz tan baja que nadie a mi alrededor pudiera oírlo.

Di otro trago de *whisky*, observando a las dos mujeres de cerca mientras la mujer mayor se abría paso a través de la gente hacia Eva. La apartó lentamente de las mujeres con las que estaba hablando y vi un destello obstinado de temperamento en el rostro de mi dulce niña que me hizo sonreír.

«Puede cuidarse sola».

Sí, sabía que Eva podía defenderse, pero quería ir con ella porque sabía que ver a su acusadora iba a hacer que se sintiera vulnerable. Sin embargo, le había prometido a Nora Mitchell que podía pasar unos minutos a solas con Eva si venía a verla allí esa noche. Quería que Eva tuviera un lugar neutral, un sitio donde no importara si tenía malos recuerdos de su discusión con Nora.

Me di cuenta de que la confrontación inicial no estaba yendo bien. Eva parecía realmente cabreada, y Nora Mitchell estaba al borde de las lágrimas.

Dejé escapar una bocanada que ni siquiera sabía que estaba aguantando cuando Nora cogió el brazo de Eva ligeramente y la miró suplicante, haciendo que Eva se volviera y la siguiera.

Prometí que si le hacía daño a Eva, o decía una palabra que la molestase siquiera, Nora Mitchell se arrepentiría de ello durante el resto de su vida.

Inquieto, crucé la sala, buscando inconscientemente a Eva con la mirada. No la vi y supe que las dos mujeres habían encontrado un sitio donde hablar en privado.

«Esperaré. Prometí que le daría tiempo a Nora».

Sinceramente, no me importaba una mierda mi promesa a la mujer mayor, pero esperaba que la discusión le permitiera a Eva cerrar con el pasado. En última instancia, para mí todo aquello trataba de Eva, y esperaba en silencio haber hecho lo correcto.

CAPÍTULO 13

Eva

En realidad no debería haberme sorprendido ver a la mujer a la que odiaba más que a ninguna otra fémina viva presentándose en la fiesta de un Walker.

Lo que me conmocionó fue que se acercara a mí y me pidiera hablar conmigo en privado. Todo lo que podía pensar era que iba a advertirme que me delataría si volvía a ver mi cara en su círculo social.

Me abracé para esperar su sermón cuando me condujo hasta una sala pequeña y vacía que era exactamente igual de lujosa que el resto del club de campo.

—Por favor, siéntate —dijo la mujer mayor.

—Preferiría quedarme de pie —respondí con rigidez mientras me zafaba de su ligero agarre. Dudaba que aquello fuera a alargarse demasiado.

—Es una historia bastante larga, Evangelina. Por favor. —Se sentó en un sofá dorado e hizo un gesto hacia el sillón a juego que había frente a ella.

Nadie me llamaba nunca por mi nombre completo, de modo que captó mi atención. Me posé incómoda sobre el borde del sillón, lista para escabullirme de la habitación si empezaba a arengarme.

¿A quién estaba engañando? Aquel encuentro solo consiguió que me diera cuenta de que aunque mi historial estuviera limpio, nunca me libraría de mi pasado.

El tiempo pasado en prisión tenía una manera de pasar factura a una persona, fuera culpable o no. A ojos de algunos, yo siempre sería una ladrona, una delincuente convicta.

Mis ojos ascendieron desde su posición anterior, es decir, hacia el suelo. Yo no era culpable de nada, y ya no tenía ninguna razón para temer a aquella mujer. Aun así, nuestra confrontación me hizo sentir náuseas.

Apenas conocía a Nora Mitchell; solo la vi una vez brevemente antes de la fiesta de cumpleaños de su hijo. Nunca vino a mi juicio, pero entregó una declaración por escrito. Supuestamente, por aquel entonces estaba demasiado enferma como para ir en persona. Era atractiva para una mujer de su edad, que suponía eran probablemente unos sesenta y pocos. Al contrario que algunas mujeres ricas, no intentaba cubrir su edad con tintes de pelo, y su peinado corto era rizado y de un gris plateado atractivo. Su vestido era de un bonito azul pastel, más elegante que llamativo, y lucía algunas de las piezas de joyería que faltaron una vez, cosa que hizo que me encogiera al reconocer las piedras preciosas.

—Lo primero: quiero pedirte disculpas. Te condené sin conocer todos los hechos.

«Vale». Me dejó conmocionada, y tenía la certeza de que estaba boquiabierta mientras la miraba en silencio.

Prosiguió.

—No quería creer que Karen pudiera robarme, cuando debería haber sido perfectamente evidente que lo había hecho. Lo único en lo que podía pensar era en protegerla. Todo lo que intenté hacer siempre fue protegerla.

—No entiendo. —¿Por qué iba a importarle mi madre a Nora Mitchell? Había sido una acompañante temporal durante un periodo de tiempo muy corto.

—Karen era mi única hija, Evangelina. Tu madre era mi hija.

Me llevé una mano al estómago cuando empezó a revolvérseme como protesta.

—Eso es imposible. Mi madre dijo que sus padre no la habían aceptado a ella ni que estuviera embarazada de mí. Dijo que sus padres se habían lavado las manos.

La Sra. Mitchell negó con la cabeza, con un gesto de remordimiento en el rostro.

—Tu abuelo era un hombre severo, y no era un hombre con el que vivir resultara fácil. Es verdad que repudió a Karen y que nunca volvió a hablarle, y tampoco me permitía verla a mí. Os busqué a ti y a tu madre cuando murió y yo volví a casarme, esta vez con un marido más amable. Pero no conseguí localizarla. Con el tiempo, me convencí de que no saberlo era mejor para mí.

Aquella afirmación dolió porque yo no entendía cómo alguien podía olvidar tan fácilmente que tenía una hija y una nieta en algún lugar del mundo, pero dejé que pasara la emoción. Ya no importaba, y todavía estaba intentando hacerme a la idea de sus declaraciones.

—¿Sabía quién eras cuando fui a trabajar para ti?

Nora asintió.

—Lo sabía, pero dijo que no quería que le diera nada. Que estaba allí buscando un trabajo. Como no podía conectar con ella de ninguna otra manera, dejé que se quedara con el puesto. Quería conocerte, razón por la que te llevó a trabajar en la fiesta de cumpleaños de mi hijastro.

—¿Hijastro? —No sabía que no era su hijo biológico.

—Tengo tres hijastros. Dos chicos y una chica. Los quiero como si fueran míos. Pero nunca olvidé a tu madre.

Empezó a levantárseme el resentimiento en la boca del estómago, aunque lo reprimí.

—Pero por lo visto olvidaste que tenías una nieta —respondí secamente.

—No lo hice, Evangelina. Incluso después de convencerme a mí misma de que eras culpable, nunca iba a decir ni una palabra, pero tuve que hacerlo.

Bueno, aquello explicaba por qué le había llevado cierto tiempo a la Sra. Mitchell percatarse de que las joyas habían desaparecido.

—¿Ibas a encubrirme?

Asintió; su cabeza gris se movía de arriba abajo con nerviosismo.

—Exactamente igual que hice siempre con tu madre.

—¿A qué te refieres?

—Tu madre nunca fue una niña fácil, y se volvió una adolescente incluso más salvaje. Si se metía en problemas, yo la ayudaba y nunca se lo decía a su padre. Más tarde, después de que ella se fuera y su padre hubiera fallecido, empecé a leer mucha literatura sobre salud mental. Yo diría que probablemente era bipolar, y tenía otros problemas como consecuencia de haberse criado con mi primer marido. Era agresivo, tanto mental como físicamente. Me culpo por eso. Yo seguí con él, y Karen tuvo que vivir con el abuso.

—¿Estás poniendo excusas por ella? —pregunté amargamente, a sabiendas de que no había lugar en mi corazón para perdonar a mi madre.

—Ya no. Sólo quiero que entiendas lo que le ocurrió.

—Mi padre era un buen hombre. Trabajaba muchas horas para poner un techo sobre nuestras cabezas. Tal vez no tuviéramos todas las cosas materiales que tenía ella cuando vivía en casa, pero mi padre la quería, incluso cuando lo trataba como una basura. —Principalmente, esa era la única manera en que mi madre había tratado a mi padre en su vida.

—Yo nunca lo conocí, aunque estoy segura de que era un buen hombre. Pero el padre de tu madre era un hombre muy consciente de su imagen, y se negó a tenerla en casa embarazada y soltera. Sé que no estuvo bien, y me sentí totalmente inútil cuando la echó y ella estaba embarazada, pero tal vez yo esperase que estuviera mejor fuera de casa. —Lo que la Sra. Mitchell no mencionó era el hecho de que yo era una niña mestiza. Pero no hacía falta que lo hiciera. Resultaba obvio que, de haber sido yo de mejor pedigrí, habría sido aceptada sin más reparos.

—Nunca cambió. Estaba tan loca fuera de tu casa como cuando vivía allí. Puede que fuera bipolar, pero también era una sociópata. Todo se trataba de ella, y si las cosas no salían a su manera, hacía miserables a todos los que la rodeaban.

—Lo averigüé después de cierto tiempo en su compañía como mi acompañante —coincidió la Sra. Mitchell—. Le supliqué que se pusiera en tratamiento para sus problemas de salud mental, pero se negó.

—¿Por qué narices dejaste que se liara con el padre de Trace? —Ningún hombre se merecía a mi madre, y por lo que contaba Trace, su padre era un buen hombre.

—Me sentía culpable por la vida que había vivido Karen cuando era joven. Pensé que, tal vez, si se casaba bien, mejoraría —dijo la Sra. Mitchell con tono arrepentido.

—Era una egoísta, una ladrona y una mentirosa. El padre de Trace no se merecía que le juntaran con alguien así sin saber exactamente dónde se estaba metiendo.

—Ya sé todas esas cosas, pero eso no borraba el hecho de que fuera mi niña, mi única hija. Puse excusas por ella cuando era más joven. Creo que seguía intentando convertirla en mejor persona de lo que era realmente. De todas las personas, sabía que ella no estaba bien de la cabeza. Pero no quería admitirlo.

Lágrimas de remordimiento caían por el rostro de Nora Mitchell, pero al pensar en el miedo frío como el hielo con el que había vivido la mayor parte de mi vida adulta, tuve muy poco tiempo para sentir compasión por ella.

—De modo que, ¿yo podía ser sacrificada para salvarla a ella? —pregunté llanamente.

—No. Y no deberías haber sido sacrificada. Pero me costó mucho tiempo ser sincera conmigo misma.

Apreté los dientes.

—¿Cuándo? ¿Cuándo decidiste ver la verdad?

Nora metió la mano en el gran bolso que llevaba y sacó algo del interior.

—Cuando Trace vino buscando respuestas, finalmente leí su diario. Lo dejó en mi casa cuando se fue para casarse con tu padre. Trace me enseñó el vídeo, y me dijo lo que pensaba que era la verdad. Tenía razón.

Miré fijamente el cuaderno negro liso. Me lo estaba ofreciendo, pero yo no estaba segura de querer aceptarlo.

Lo dejó caer sobre la pequeña mesa de café que nos separaba.

—Lo siento muchísimo, Evangelina. Siempre debí haber sabido que fue Karen. Pero pensaba que iba a casarse con el padre de Trace y que todo le iría bien.

—¿Y qué pasa conmigo?

—Me convencí de que eras culpable y de que merecías pasar tiempo en prisión.

—Yo no lo hice. Nunca he robado nada en mi vida excepto alimentos desechados, ocasionalmente. —Había hecho lo necesario para sobrevivir, pero siempre lo odié. Incluso si era basura, sabía que no era mi basura y que no debía coger nada que no me perteneciera. Pero la supervivencia era un instinto demasiado fuerte al que enfrentarse.

—Lo entiendo. No espero que me perdones, pero quería que supieras que lo siento. —La mujer rompió en llanto, una de sus manos cerrada en un puño sobre su boca, como si quisiera ocultar el hecho de que estaba llorando.

Observé mientras los lagrimones le caían por las mejillas, y mi corazón empezó a sangrar. Me puse de pie y caminé hasta su asiento. Me acuclillé y tomé la mano que descansaba sobre su pierna.

—Ella no merece la pena, sabes.

—¿Quién? —la voz de la Sra. Mitchell era entrecortada.

—Mi madre. No merece el dolor que llevas dentro. Probablemente nunca lo mereció.

—No lloro por ella —respondió llorosa—. Estoy triste por ti.

Yo no quería la lástima de aquella mujer.

—No lo hagas. Ahora estoy a salvo. Trace me ha ayudado de maneras en que nadie podría ni lo haría. Confió en mí.

—Trace Walker es un buen hombre, Evangelina. —Acarició el diamante sobre mi dedo—. Me alegro de que vayas a ser feliz. Me pareció evidente que te quiere.

Me tragué una negación, percatándome de que Trace no le había llegado a decir la verdad sobre nuestro compromiso. No me quería, pero sí le importaba.

—Es un hombre intenso —respondí sin comprometerme.

Nora se sorbió la nariz.

—A veces esos son la mejor clase. Ya he enterrado a dos maridos. Y sé la diferencia entre una relación buena y una mala.

—¿Organizó Trace este encuentro? —Estaba casi convencida de que Nora allí era más que una simple coincidencia.

—Sí. No le gustó, pero estaba de acuerdo en que deberías saber la verdad.

—La verdad os hará libres —murmuré, dudando lo correcta que la cita bíblica resultaba en mi situación—. Me alegro de que me lo hayas contado.

Me levanté y volví a colocarle la mano sobre su muslo con delicadeza.

—Lo siento —farfulló otra vez.

Bajé la mirada hacia ella y me percaté de que ella era una víctima tanto como lo había sido yo. Aunque sus motivación era sesgada, estaba intentando enmendar sus errores. No tenía por qué estar allí diciéndome la verdad. Podría haber seguido negándolo durante el resto de su vida y dejar que yo cargara para siempre con las culpas en su cabeza. Habría sido una manera más fácil y más amable para su psique.

—Está bien —le dije en voz baja—. Sobreviví.

—Deberías haber tenido mucho más que supervivencia.

Cogí el diario de mi madre, a sabiendas de que tenía que leerlo.

—Lo tuve. Tuve a mi padre durante catorce años. Él fue más que suficiente.

—Lo querías de veras —afirmó la Sra. Mitchell.

Yo asentí.

—Sí. Gracias por decirme la verdad.

—Me gustaría formar parte de tu vida algún día, Evangelina. Has crecido hasta convertirte en una mujer impresionante.

En otro tiempo, habría dado cualquier cosa por oír eso viniendo de mi familia. Pero entonces, mi cabeza estaba repleta de información y yo seguía intentando procesar los datos que me habían proporcionado.

—Necesito tiempo para pensar.

La mujer mayor asintió con la cabeza una vez.

—Por supuesto. Llámame cuando hayas tenido tiempo para pensártelo. Lo entenderé si no lo haces. —Señaló el diario de mi madre con un gesto de la cabeza—. Va a ser duro leerlo. Estaba muy enfadada.

Anduve hasta la puerta y giré el picaporte.

—No es nada a lo que no esté acostumbrada —le informé, después salí por la puerta.

Trace estaba allí para mostrarme apoyo, su brazo alrededor de mi cintura.

—¿Estás bien?

Su expresión era ilegible, pero sabía que me estaba preguntando si podía aceptar lo que acababan de decirme.

—No lo sé.

Me acompañó hasta el ascensor, sin decir una palabra ni a mí ni a nadie más de camino a la salida.

Esperé hasta que las puertas del ascensor nos dejaron a solas antes de arrojarme en sus brazos y llorar.

CAPÍTULO 14

Eva

*E*mpecé a entrar en pánico cuando la puerta comenzó a cerrarse lentamente; las barras aparecieron frente a mi cara justo antes de que la puerta se cerrase por completo y me dejase encerrada con un fuerte ¡pum! La rotundidad del sonido hacía eco de la resignación de mi alma.

Iba a pasar años en aquel sitio, para pagar por un delito que nunca cometería.

Con el corazón desbocado, intenté reprimir mi histeria mientras levantaba las manos y me agarraba a los barrotes.

«¡Yo no he hecho eso! ¡Necesito *salir!*».

Mi lugar no estaba allí, pero en mi destino no había lugar para la justicia.

No era como si no hubiera estado allí antes. Tuve que estar encerrada mientras esperaba mi juicio. Pero aquello era diferente. Ya no estaba esperando que me liberasen porque me habían declarado inocente.

Me habían declarado culpable y sentenciado a cuatro años. ¿Cómo coño había ocurrido eso?

El terror se hizo presa de mí con manos de acero, y un escalofrío me recorrió la columna.

No iba a salir. No iba a salir durante mucho tiempo. Mi situación era surrealista, pero la realidad estaba calando rápidamente.

—Yo no lo hice —*susurré frenéticamente para mí misma, pero las palabras eran inútiles. No había ni una sola persona que hubiera creído que era inocente. A partir de ese momento, incluso cuando saliera, sería una delincuente convicta.*

—No. Por favor. Yo no lo hice. —*Mi voz se volvió más alta, más histérica.*

Sollozos de desesperación escapaban de mi boca, y me deslicé hasta caer de rodillas, las manos deslizándose por los barrotes; me sentía desesperanzada.

—¡No! ¡No! ¡No! —*grité, esperando que alguien me escuchara, que a alguien pudiera importarle.*

—¡Nooo!

—¡Eva! —Una voz firme y masculina atravesó mi cerebro nublado y aterrorizado.

—¿Trace? —Lágrimas caían por mi rostro y mi cuerpo temblaba cuando me incorporé hasta sentarme en la cama.

—¡Dios! Creí que nunca ibas a despertar. —Rodeó mi cuerpo desnudo con sus brazos.

«Un sueño». Solo era un suelo. Estaba fuera de prisión y Trace creía que era inocente. De hecho, lo había demostrado.

Me relajé en su cuerpo, aún algo confundida en la habitación a oscuras, aunque sabía que estábamos en su cama.

—Lo siento —farfullé contra su pecho desnudo.

—¿Pesadillas?

Asentí, aunque sabía que no me veía.

—Sí. Hacía tiempo que no tenía pesadillas. —Suponía que ver a Nora había disparado el dolor que seguía enterrado en lo más profundo de mi ser.

—¿Sobre tu pena de prisión?

—Sí. Estaba aterrorizada cuando me encerraron por primera vez. No podía creer que estuviera sucediendo realmente.

—¿Creías que el sistema de la justicia nunca se equivocaría?

—Por alguna razón, confiaba en que averiguarían la verdad. Pero en realidad nunca la buscaron. Era bastante probable que yo fuera culpable, así que nadie se molestó realmente. —No estaba segura de poder culparlos en realidad. El caso parecía bastante claro y sencillo.

—Esto es por tu abuela, ¿no? —preguntó Trace con voz ronca.

—Más o menos... sí. Pero ella también creía que yo era culpable.

—¡Joder! Debería haberle dicho que no. No debería haberte puesto en esta situación.

—No, no deberías. Estaba enfadada contigo, pero entiendo por qué lo hiciste. Si me hubieras preguntado, me habría negado. Y creo que tenía que oír su historia.

Cuando Trace y yo abandonamos la fiesta, yo no hablé demasiado. A pesar de que inicialmente me apoyé en él, terminé enfadada de que me hubiera hecho una encerrona para ver a la Sra. Mitchell. Me desvestí y me metí en su cama mientras él se quedaba rezagado. Emocionalmente exhausta, me quedé dormida antes de que él llegase a la cama.

—Lo último que quería era causarte más dolor, Eva. —Su voz estaba cargada de remordimiento cuando me calmó inconscientemente frotándome la espalda.

—Lo sé. —Suspiré; sabía que Trace estaba acostumbrado a hacer lo que pensaba que era mejor—. Pero me gustaría que me avisaras antes de volver a hacer algo así.

—Hecho. —Accedió de inmediato.

Me reclinó sobre la almohada y se me cerraron los ojos.

—Duérmete, cariño. Hablaremos mañana. —Puso un brazo sobre mi cintura posesivamente.

Como yo seguía hecha polvo, obedecí su orden y dormí.

Cuando volví a abrir los ojos, seguía oscuro. Durante un momento, me pregunté por qué me había despertado de manera tan brusca, pero solo tardé un momento en entender que era mi cuerpo excitado el que se negaba a seguir durmiendo.

«Ah, Dios».

Sentía el cuerpo caliente de Trace, duro como una roca contra mi espalda, y una erección considerable descansando contra mi culo desnudo. Él me había atraído contra su cuerpo. Duro. Una de sus manos descansaba firmemente sobre mi tripa. La otra...

«¡Oh, mierda!».

Sofoqué un gemido; mi cuerpo se tensaba mientras sus dedos merodeadores jugaban vagamente con mi clítoris. Estaba explorándome el coño como si le perteneciera, como si fuera una extensión de su propio cuerpo. No estaba segura de si él estaba completamente despierto.

—No me digas que pare. —La voz de Trace estaba ronca de deseo.

Supongo que mi pregunta sobre si dormía o no quedó respondida. Me estremecí cuando su aliento cálido sopló contra la piel sensible de mi cuello y mi oreja.

«Dios, se siente bien».

Al no estar segura de qué sentía por Trace en ese preciso momento, no respondí verbalmente. Mi cuerpo lo deseaba, pero mi cerebro seguía enfadado de que me hubiera echo una encerrona sin siquiera preguntarme si quería ver a la mujer que había sido mi acusadora. A pesar mi cerebro lógico tal vez pudiera entender su decisión, yo no podía evitar sentirme ligeramente... traicionada.

Se me cortó la respiración mientras miraba la oscuridad, mi cuerpo suplicándole a mi mente que se rindiera a Trace.

—Sé que estás despierta, Eva.

Por supuesto que sabía que estaba despierta. Empezaba a gemir como una maníaca del sexo lasciva.

—Sé que me necesitas ahora mismo —dijo Trace con voz áspera.

Se me arqueó la espalda cuando empezó a ponerse serio sobre hacer que me corriera.

—Por favor —respiré suavemente mientras mi cuerpo se tensaba, acercándose el clímax con rapidez a medida que me acariciaba el pequeño haz de nervios más y más rápido. Más y más fuerte.

Si estaba intentando demostrar que yo lo necesitaba, lo estaba consiguiendo.

—Córrete por mí —exigió contra mi cuello, explorando con la boca la piel sensible de allí mientras la otra mano subía hacia mis pechos y calentaba las cumbres duras de mis pezones.

Yo me hundía en las sensaciones; todo pensamiento sobre nada excepto la satisfacción se esfumó de mi cabeza. Mi cuerpo estaba al mando, y necesitaba a Trace.

Subí la pierna que tenía encima hasta hacer que descansara detrás de mi, estirándola por encima de los muslos de Trace para darle todo el acceso que necesitara para volverme loca.

—Buena chica —susurró tiernamente—. Déjame entrar.

Tuve un pensamiento fugaz de que sus palabras significaban más que yo facilitándole la tarea erótica que él había empezado, pero estaba demasiado ida en mi halo de placer como para analizar lo que había dicho.

Dejé caer la cabeza contra su hombro y me sentí tan vulnerable en ese momento, tan abierta, que casi daba miedo.

Trace podía tocarme como un instrumento, y yo respondía con la misma facilidad y naturalidad.

El orgasmo me inundó en una oleada de éxtasis que ascendió y después se propagó en ondas por cada nervio de mi cuerpo, dejándome agotada y relajada en sus brazos mientras gemía hasta pasar el clímax.

Permanecí allí tumbada durante un rato; Trace me sujetaba firmemente. Su mano se movió hasta acariciar mi cadera desnuda antes de preguntarme:

—¿Te sientes mejor?

—Hum... —mi capacidad para hablar no había vuelto por completo.

—Estabas intranquila. Pensé...

No recordaba haber tenido más pesadillas, pero tal vez no estuviera durmiendo bien.

—¿Y pensaste que un orgasmo podría ayudar? —No pude evitarlo. Sonreí a la oscuridad.

—No. Te abracé contra mi cuerpo; después no pude contenerme. —Había un toque de humor pícaro en su voz—. Tenía que hacer que te corrieras.

—¿Por qué? —Prácticamente recuperada, me volví en sus brazos para mirarlo de frente.

—No podía dormir. Quería cuidarte. Supongo que ahora sé que no puedo sostenerte tan cerca y no tocarte.

Respiré su aroma masculino mientras enterraba el rostro en su cuello. «¡Dios! ¿Cómo es que siempre hace estas declaraciones cuando tengo tantas ganas de indignarme?».

—¿No has dormido? ¿Has estado despierto? —levanté la cabeza para mirar el reloj. Eran casi las cinco de la madrugada. Suponía que habían pasado varias horas desde que me desperté con la pesadilla.

—No. Sé que hice lo correcto, pero me siento como un gilipollas. Evidentemente te ha alterado.

—Solo ha sido un mal sueño. El problema es que no hablaste conmigo. Tenía derecho a saberlo.

—Si te lo hubiera dicho, ¿te habrías reunido con Nora?

Me quedé en silencio durante un momento antes de responder.

—No lo sé, pero debería haber tenido esa opción. Durante años se me ha quitado la posibilidad de decidir por mí misma.

¿Sabes lo que es no tener opciones básicas, que te digan cuándo dormir, cuándo comer, cuándo trabajar, cuándo mear? ¡Por Dios!

En lo más profundo de mi corazón, sabía que él no había tomado la decisión para estar al mando, aunque era un controlador. Lo había hecho porque sabía que me negaría a ver a la Sra. Mitchell. Sinceramente, yo sabía que esa habría sido mi decisión. Habría huido de esa parte de mi vida porque todo lo que quería hacer era olvidarla.

—No pensé en eso, Eva.

Puse los ojos en blanco en la habitación que seguía a oscuras. Para reconocérselo, que suponía que al menos entonces estaba pensando en ello.

—Sería un infierno —decidió.

—Era peor que eso. Era deshumanizador. —Mi experiencia era la razón por la que aún no sabía del todo quién era ni dónde encajaba en el mundo. Nunca había tenido la oportunidad de averiguarlo—. Dudo que tu hayas perdido el control alguna vez.

Trace siempre se había encontrado en posición de decidir su propio destino. Yo, no. Nunca.

Rodó sobre su espalda y tiró de mi tronco para tumbarme sobre su torso. Al colocar mi cabeza en su pecho, respondió tristemente:

—No hasta que te conocí.

Me dio un vuelco el corazón y me pregunté si estaba diciendo que yo podía hacerle perder el control. Nunca lo había visto realmente, pero me gustaría.

—Así que es usted humano, después de todo, Sr. Walker —bromeé; mi enfado empezaba a disiparse.

—Eso parece —dijo secamente.

Había tomado una decisión difícil, y aunque yo no estaba de acuerdo con lo que había hecho, Trace había escogido la opción más difícil porque pensaba que sería lo mejor para mí. Podía perdonarle. Después de todo, a nadie le había importado tanto como para siquiera molestarse en pensar en mi bienestar.

Acaricié su pecho con una mano, saboreando la sensación de su piel cálida sobre los músculos duros. Entonces, dejé que mi mano acariciara lentamente su abdomen hasta que pude recorrer con un dedo el ligero sendero de vello que llevaba hasta lo que ya sabía que era una polla impresionante. Sonreí al rodearlo con mi mano, sin sorprenderme al ver que era más grande que ésta.

—Eva. No empieces nada —dijo con voz ronca y tono mandón.

—¿Por qué? —respondí inocentemente mientras lo acariciaba, fascinada por la sensación de la suave cabeza de su pene, y por la piel satinada extendida sobre su falo duro—. Te sientes increíble.

Nunca antes le había metido mano a un hombre, y estaba disfrutando de sentir a Trace.

—Voy a perder el control —gimió desesperado.

«Joder, esa es la intención». Quería que perdiera el control por una vez.

—Voy a hacer que te corras —prometí, aunque no tenía ni idea de si podía hacerlo.

—¡Joder!

Su palabrota necesitada me convenció para que lo intentara. No había nada que quisiera más que degustar su placer. Mi boca descendió por su cuerpo, arrastrando la lengua por sus abdominales duros y deleitándome en el gusto salado de su piel.

Atrevidamente, retiré las sábanas de una patada hasta los pies de la cama, y moví la boca por su polla dilatada. Lamí el capullo y gemí suavemente ante el sabor de la gota de humedad que tragué. Era la esencia de Trace, y él estaba absolutamente delicioso.

No me importó que me cogiera del pelo.

—Necesito que me metas en tu boca, Eva. —Su voz ya sonaba desesperada y exigente.

—¿Me necesitas? —pregunté rodeando la base de su pene con la mano con más fuerza. Quería oír lo mismo que él hacía cuando me daba placer.

—Más de lo que he necesitado nada en mi vida, joder. —Su voz era grave y salvaje, áspera y ronca.

Mi corazón remontó el vuelo; eso era todo lo que quería oír. Envolví su polla con los labios y cogí tanto de él como podía soportar.

Tal vez fuera inexperta e inocente, pero no era como si no hubiera oído y leído sobre actos sexuales durante años. Estreché los labios alrededor de él y succioné al retirarme, solo para hacer que empujara mi cabeza hacia delante y volviera a tomarlo casi de inmediato.

Dejé que aquella vez me enseñara, utilizando su agarre de mi pelo y la fuerza de su mano para decirme lo que quería. Y Trace no era tímido.

—Chúpamela más fuerte, Eva. ¡Joder! No voy a aguantar.

Marcó un ritmo brutalmente rápido, levantando las caderas para follarse mi boca mientras su mano empujaba mi rostro hacia delante. Toda la experiencia fue carnal y cruda, y acaricié cada momento indómito de él mientras decía palabrotas y gemía su aprobación.

—Dios. Me estás volviendo loco, Eva. Voy a correrme como un puto adolescente salido. —Sonaba como si le costara trabajo respirar.

No me importaba cómo se corriera; solo quería que ocurriera. Quería proporcionarle el mismo éxtasis que yo había experimentado hacía poco tiempo.

«Hazlo. Córrete para mí, Trace».

Utilicé la mano libre para acariciarle los huevos delicadamente, y su cuerpo se tensó.

—Échate atrás a menos que quieras llenarte la boca —me advirtió con urgencia.

Quería. Lo deseaba. Quería experimentar cada parte de Trace. Apreté los labios en torno a él, a pesar de que él estaba alejando mi cabeza de su polla palpitante, y entonces cogí tanto como pude de él, y un poco más.

—¡Hostias, Eva! —gruñó desesperado; su espalda se levantó de la cama mientras el parecía batallar... consigo mismo—. Te sientes jodidamente bien.

Sentí la avalancha caliente de su desahogo al fondo de la garganta cuando dejó de intentar luchar consigo mismo, y tragué felizmente. Su reacción fue exquisita; el momento, casi surrealista.

Trace Walker estaba completamente perdido en su desahogo, agarrándome el pelo salvajemente y casi haciéndome daño cuando se derramó con un abandono que yo nunca había experimentado antes.

Su cuerpo se relajó y se dejó caer de nuevo sobre la cama. Pude oír su respiración dificultosa cuando relajó su agarre sobre mi cabeza.

Saboreé la experiencia, limpiándolo a lametazos mientras él se esforzaba por coger aire, y después gateé de vuelta a su lado lentamente.

—Te lo advertí —dijo bruscamente, con voz ruda.

—Lo sé. Quería probarte —respondí sinceramente mientras me tumbaba bocabajo junto a él y me ponía una almohada bajo la cabeza.

Aunque sabía que iba a ser doloroso cuando mi trabajo con Trace terminara, quería experimentar todo lo que pudiera mientras estuviese con él. Había estado privada de sentir nada aparte de miedo y aflicción durante tanto tiempo que no pude resistirme a aceptar cualquier clase de alegría que pudiera experimentar, aunque más tarde pagase por ello.

Noté que se sentaba y alcanzaba la sábana y la colcha a los pies de la cama. Di un chillido cuando su mano cayó sobre mi culo desnudo con un ¡plas!

—¿A qué se debe eso? —pregunté con una voz falsamente escandalizada.

—Por volverme loco —gruñó mientras cubría nuestros cuerpos y me arrimaba a él, haciendo que abandonara la almohada por su hombro.

Sonreí cuando me arropó con las sábanas en gesto protector.

—Yo diría que ha sido una locura bastante pasajera. Contrataste a tu hermanastra para ser tu prometida y termina siendo una convicta. Pero aun así no has huido. —Estaba bromeando con él, pero en realidad tal vez estuviera un poco descarriado.

—No eres una convicta, y nunca huiría de ti. Te necesito demasiado, joder. —Sonaba completamente serio, y algo contrariado.

Aquello hizo que me callara. Puede que mi corazón se estuviera regocijando, pero no podía leer demasiado en su confesión.

«Yo también te necesito».

La idea se me vino a la cabeza, pero cerré la boca para no decirlo en voz alta. Si había aprendido algo en mi dura experiencia, era que había pocas personas en la vida con las que pudiera contar excepto conmigo misma.

Cerrando los ojos, me dejé disfrutar únicamente de estar en sus brazos, brazos que me envolvían en gesto protector. Por el momento, me sentía a salvo, y con eso tenía que bastar.

CAPÍTULO 15

Trace

—Todavía sigo intentando descifrar cómo has conseguido una mujer que cocine tan bien como Eva —dijo Sebastian Walker con aire despreocupado mientras se bebía un *whisky* de un trago.

No me había dado cuenta de lo mucho que echaba de menos a Sebastian y a Dane hasta que llegaron por Navidad. La presencia de Britney tensaba las cosas, pero mi hermano pequeño no parecía perdidamente enamorado de ella. Al menos, esperaba que no lo estuviera.

Eva había sido increíble, preparaba comidas deliciosas y encantaba a mis hermanos hasta el punto de que juraría que ambos estaban medio enamorados de ella, cosa que me sentaba fatal. Para ser sincero, Eva estaba siendo ella misma, pero eso bastaba para que ambos quedaran intrigados, sobre todo porque no era exactamente la clase de mujer con la que solía salir.

—Soy un tipo con suerte —contesté, mirando a mis dos hermanos, sentados en lados opuestos del sofá del salón, desde mi asiento frente a ellos.

Eva había desaparecido después de la cena diciendo que tenía que envolver unos regalos antes de retirarse arriba. Britney dijo que estaba cansada y también desapareció, aunque eso no me partió el corazón. Había visto bastante de esa zorra venenosa como para una vida.

Era Nochebuena, y yo había conseguido no pasar ni un minuto a solas con Britney. Eva permaneció a mi lado, representando tan bien el papel de prometida amantísima que empezaba a acostumbrarme a ello. No puedo mentir. Me encantó cada minuto de que fuera mía, aunque fuera una fachada.

—Tienes mucha suerte, Trace —coincidió Dane con una voz grave y pensativa—. No es fácil encontrar a una mujer a la que no le importe que seas rico y que no te quiera únicamente por tu dinero. Creo que puedes decir con toda seguridad que a Eva no le importa un bledo. Me doy cuenta de que solo quiere que seas feliz.

Lo miré boquiabierto, preguntándome por qué Dane pensaba eso. Casi me mató, pero tuve que preguntarle:

—¿Es así como es con Britney?

—Ni remotamente —respondió Dane con desinterés.

—¿No crees que te quiera? —preguntó Sebastian, frunciendo el ceño mientras se levantaba para servirse otra bebida.

Yo seguí mirando fijamente a Dane, preguntándome qué estaba pasando en su cabeza. ¿Sabía que Britney lo estaba utilizando?

—Britney me resulta práctica. Está dispuesta a quedarse en la isla por lo que puedo darle, y tolera dejar que me la folle. ¿Alguno de vosotros cree que no sé que me está utilizando? —Nos miró a Sebastian y a mí con curiosidad.

Joder, mi hermano pequeño era mucho más inteligente de lo que yo le reconocía.

—Entonces, ¿por qué la mantienes?

Dane se encogió de hombros.

—¿Quién más va a aceptarme? Quería follar y ella estaba dispuesta a sufrirlo si le daba bastante para compensar las molestias. No tengo ninguna fantasía de que le importe nada más que el dinero. Nunca le ha importado.

Había cierta amargura en la voz de Dane, pero sentí alivio de que no fuera a partírsele el corazón cuando Britney decidiera que era hora de marcharse. De hecho, era más probable que Dane se cansara de sus lloriqueos y le pidiera él mismo que se fuera.

Sebastian volvió a dejarse caer sobre el sofá con un vaso lleno.

—Hombre, no te ofendas, pero Britney es inaguantable, aunque sea una mujer muy atractiva.

Sonreí al percatarme de que Sebastian por fin había visto más allá del pelo rubio de Britney y de sus ojos azul aciano para descubrir que no había nada en su interior que combinara con la belleza de su exterior.

Dane se encogió de hombros.

—No me ofendo. Es una zorra chiflada, y lo sé. Creo que empiezo a preferir sentirme solo que tenerla cerca. —Volvió la cabeza—. ¿Es eso lo que ocurrió entre vosotros, Trace?

Casi me atraganté con la bebida. «¡Joder! Lo sabe».

—¿Qué? —Me quité la bebida de la boca con una tos.

—¿Tú también te hartaste de ella? ¿Es eso por lo que la dejaste?

Dejé escapar un gran suspiro.

—¿Cómo sabes que salí con ella?

Los labios de Dane sonreían, pero su mirada era triste.

—Puede que viva en una isla, pero tengo acceso a los medios de comunicación. Me aseguré de que tú y Britney habíais terminado antes de permitirle venir a la isla. Me sentía un poco mal ligando con una mujer con la que mi hermano había roto, pero no es como si tuviera gran variedad de mujeres entre las que elegir. Lo siento.

—No lo sientas —dije apresuradamente—. No era serio entre nosotros.

Asintió.

—Lo sé.

Sacudí la cabeza ante la ironía de que yo estuviera intentando proteger a Dane mientras él lamentaba salir con una mujer con la que yo había estado en el pasado.

—No sabía que saliste con Britney. —Sebastian sonaba cabreado—. ¿Por qué no dijiste nada?

—Tal vez porque nunca te encuentro lo bastante sobrio para mencionarlo. —Mi tono era sarcástico y acusador. Sentí haber pronunciado las palabras casi de inmediato, pero no podía retirarlas. En realidad, había evitado decirle la verdad a Sebastian deliberadamente.

Observé cómo se oscurecía la cara de Sebastian, y dio un largo trago a su bebida llena.

—Por lo menos yo no tengo un palo del tamaño de una secuoya gigante metido por el culo —farfulló con amargura—. Lo siento si no soy tan perfecto como tú, hermano.

Yo no me consideraba tan estirado.

—No te pido que seas perfecto. Sólo te pido que intentes ser mejor. Deja de ir de fiesta todo el tiempo como forma de vida.

—No necesito ganarme la vida. Soy multimillonario. Tú ocupaste el lugar de Papá, así que, ¿qué esperas que haga?

—Fuiste a la universidad, Sebastian. Espero que madures. —Ahora estaba enfadado, enfermo de que me criticara por algo que había tenido que hacer.

—¿Por qué? Nunca estaré a la altura de tus expectativas. ¿Por qué intentarlo?

—Yo no tengo expectativas. No soy Papá.

Miré a Dane, pero él no parecía dispuesto a meterse en la conversación. De hecho, parecía perfectamente feliz de dejarme resolverlo con Sebastian.

—Entonces deja de actuar como Papá —respondió Sebastian amargamente.

Empecé a hervir de furia.

—Nunca podré ser él. Nunca podría. Lo intenté, joder, pero nunca sería tan tranquilo. Nunca sería tan sabio, y desde luego que nunca dirigiré Walker tan bien como él.

—Lo haces increíblemente bien, Trace —dijo Dane en tono alentador, decidiendo finalmente entrar en la conversación—. Eras joven cuando te hiciste cargo de la empresa.

—Me hice cargo porque tenía que hacerlo. Era el único lo bastante mayor para hacerlo. Creía que era el único que quería hacerlo. —Fulminé a Sebastian con la mirada—. Si querías aceptar la responsabilidad, ¿por qué coño no dijiste nada?

—¿Por qué no preguntaste? —me la devolvió enfadado.

Exploté.

—¿Crees que quería esto, joder? ¿Crees que quería ocupar el lugar de Papá cuando murió? Solo tenía veintiún años, y no tenía ni idea de lo que estaba haciendo. Estaba dando palos de ciego, intentando terminar la universidad mientras trataba de cumplir el trabajo como Director Ejecutivo de Walker. No. Estaba. Preparado. Joder.

Nunca creí que diría aquellas palabras, mucho menos a mis hermanos. Pero ya eran adultos y había que poner fin a la temporada de nuestro distanciamiento. Todos estábamos rotos, y quería volver a vernos de una pieza.

—No soy mucho más joven que tú. Podría haber ayudado —Sebastian rompió el silencio; su voz ya no sonaba enfadada.

—Todo lo que quería era que tú y Dane tuvieran la oportunidad de llorar su muerte, y la oportunidad de recuperarse y llevar una vida normal. —Sabía que estaba respirando con fuerza, intentando poner mis emociones bajo control.

—Nuestra vida nunca iba a volver a ser normal —respondió Dane con seriedad—. Supongo que ambos pensamos que querías el puesto de Director Ejecutivo y que nos querías fuera del negocio familiar. Yo sentí alivio al decirte la verdad. No quería ser un hombre de negocios. Nunca fue algo que quisiera.

Yo lo sabía. Pensaba que Sebastian también quería algo más. Miré pensativamente a mi hermano mediano y pregunté:

—¿Y tú? ¿Qué querías tú?

—Yo quería a mis hermanos —respondió Sebastian con voz áspera—. Quería que Papá volviera.

—Yo también quería eso. Pero tanta gente dependía de mí que supe que tenía que mantenerlo todo bajo control.

—¿Creías que tenías que mantenerte distante para seguir adelante? —preguntó Dane.

—Sí. Durante una temporada estuve en un terreno muy inestable, pero no quería que nadie lo supiera. —Estaba aterrorizado, pero no lo admití—. Todavía echo de menos a Papá todos los días —confesé.

—Todos lo echamos de menos —respondió Dane—. Creo que simplemente lo llevamos de distinta manera. Durante una temporada, yo me sentí culpable por haber vivido y que él hubiera muerto.

Sebastian y yo miramos a Dane con expresiones estupefactas. Mi hermanito pequeño había pasado tanto. Me fastidiaba que también tuviera que lidiar con la culpa de haber vivido cuando nuestro padre se había ido.

—No, Dane —pedí.

Mi hermano pequeño alzó una mano.

—Ya lo superé. Pero me llevó tiempo. Por desgracia, creo que Sebastian aún tiene asuntos pendientes.

—Yo no…

Interrumpí a Sebastian.

—Lo siento. Siento no haberles preguntado qué queríais a ninguno de los dos. Di demasiado por sentado. Estaba abrumado.

—Por mí no hay problema —respondió Dane, mirando directamente a Sebastian—. Como he dicho, agradecí que te hicieras cargo.

Sebastian puso su bebida sobre la mesa y dejó escapar un largo suspiro.

—Yo no estaba agradecido. Estaba celoso. Quería ser capaz de ser como tú, Trace. Quería ayudarte, quería ser bastante mayor para ayudar.

—No desees eso —gruñí—. Era una mierda.

Durante años, había bloqueado cada emoción que sentía solo para mantener el control. Eva había sido la única capaz de atravesar mi apariencia de seguridad tranquila para verme exactamente como era. Nunca sentí luto por mi padre, y nunca había superado todo lo que había perdido.

—Tienes razón, Trace. Tengo que madurar —admitió Sebastian reclinándose contra el sofá.

—¿Qué quieres hacer cuando seas mayor? —pregunté de broma.

Sebastian sonrió.

—¿Tal vez ser el segundo de a bordo en Walker? Estoy pensando que tal vez podría volver a comprar mi parte.

Lo último que haría mi hermano en su vida era ser el segundo en nada.

—Sólo aceptaría una asociación igualitaria. Tendrás que apoquinar el dinero para ser socio.

Sebastian había estudiado Ingeniería, y siempre di por sentado que empezaría su propia firma de ingeniería. Después de todo, su formación complementaria era en Dirección de Empresas. En realidad sería un socio increíble si dejaba la bebida y las fiestas.

—Podría quitarte parte de la carga, Trace —dijo Sebastian dudoso—. Creo que me gustaría eso. Podría dirigir algunos de los proyectos de construcción.

—Odio esa parte —le dije frunciendo el ceño.

Sebastian sonrió.

—Parece que podría funcionar.

—No voy a trasladar las oficinas centrales a Texas otra vez. —Llevaba demasiado tiempo trabajando para centralizarlo todo en Denver, y me gustaba.

—Venderé la propiedad y trabajaré aquí —cedió Sebastian.

—No será fácil —le advertí, a sabiendas de que sería difícil vender el patrimonio que tenía en Texas, incluida la mansión familiar cerca de Dallas que Sebastian poseía en la actualidad y donde vivía, cuando estaba en casa, claro.

—No necesito que sea fácil —dijo Sebastian con voz áspera y rotundamente—. Sólo necesito un propósito.

—Ya tienes uno —respondí rápidamente; sabía que quería que mi hermano volviera conmigo. Veía su determinación, y no tenía dudas de que podía cambiar de conducta.

Sebastian asintió.

—Creo que ahora, sí.

Miré a mis dos hermanos, preguntándome cómo podía haber estado tan equivocado en lo que respectaba a Sebastian. ¿Había hecho lo mismo con Dane?

Como si oyera mis pensamientos, Dane señaló secamente:

—No pienses que yo me voy a mudar a Denver. Me gusta mi soledad.

«Vale». Tal vez había acertado en lo referente a Dane.

—Empezaré a trabajar en venderlo todo y en la mudanza justo después de las vacaciones —dijo Sebastian entusiasmado.

Tuve que sonreír ante su entusiasmo, y mi corazón se sentía más liviano que en años.

—Entonces, ¿estás listo para abandonar tu vida social?

Me percaté de que el *whisky* de Sebastian permanecía intacto, y de que no lo cogía impaciente. No le había visto darse un descanso al beber desde que había llegado.

—Se estaba volviendo aburrido —respondió sinceramente—. Creo que tal vez intente buscarme una mujer como Eva y que acabe sentando la cabeza.

—Tócala y, hermano o no, te mato —gruñí, sólo parcialmente serio.

Sebastian alzó una mano en señal de rendición.

—Obviamente está enamorada de ti. Si no estuviera tan colgada por tu culo, probablemente intentaría atraerla. Hace una pasta increíble.

—Es más que una buena cocinera —dije irritado—. Lo es todo para mí.

Me di cuenta de que ya no estaba actuando. Eva había llegado a significar muchísimo para mí en un periodo muy corto de tiempo. Separarse después de que terminaran las vacaciones ya ni siquiera era una opción. La necesitaba, y no quería imaginar lo que sería mi vida sin ella. Creo que desde el principio supe que nunca la dejaría ir.

—Eso es muy intenso —farfulló Sebastian—. No creo que nunca conozca a una mujer sin la que no pueda vivir.

—Yo tampoco lo creía —confesé—. Pero a veces nada puede evitar que te sientas así.

«Demonios, yo lo he intentado». Había golpeado mi saco de boxeo hasta que cada músculo de mi cuerpo gritaba, pero no conseguí echar a Eva de mi alma.

—Mejor tú que yo —replicó Sebastian—. Yo no quiero sentirme así.

—Yo tampoco —añadió Dane—. ¿Cómo os conocisteis?

En ese momento no había nada que quisiera más que confesarlo todo sobre Eva y sobre mí. Pero no podía. Todavía estábamos intentando arreglar nuestra relación, y no quería arruinar el progreso que habíamos hecho contándoles que lo había planeado todo con Eva. Además, le gustara o no, iba a ser mía.

—Es una larga historia —respondí sencillamente—. Pero nunca lo ha tenido fácil, y merece ser feliz.

—Me gusta —dijo Sebastian abiertamente.

—A mí, también —añadió Dane.

Asentí, contento de que les gustara Eva, porque iban a verla conmigo para siempre.

Quizás no resultara fácil convencer a Eva de que se quedara, pero haría que me amase, y nunca querría irse. No importaba lo mucho que tuviera que esforzarme para conseguir que se quedara. Merecería la pena si conseguía que se quedara para siempre.

«¿Y qué pasa si no quiere quedarse? Teníais un acuerdo, y puede insistir en que lo cumplas. Ella ha cumplido con su parte».

La mera idea de Eva diciendo adiós me volvía loco. Decidí no pensar en el fracaso, porque no era una opción.

Se quedaría. Nunca se marcharía. Sería mía para siempre, joder.

Tal vez luchara contra lo inevitable, pero de alguna manera le haría ver que debíamos estar juntos.

Y, al final, yo ganaría.

No era tan arrogante con respecto a Eva como lo era con respecto a los negocios. Ahora ella era algo más que negocios para mí, y probablemente lo hubiera sido desde el momento en que entró atrevidamente en mi despacho. Pero yo ganaría. Ahora tenía que hacerlo para salvar mi cordura.

CAPÍTULO 16

Eva

*H*e odiado a mi hija desde el día en que nació, pero por fin va a pagar por mantenerme alejada de todas las cosas que debería haber tenido. Nací rica, y siempre debería haber sido rica. Me correspondía por derecho desde que nací. Va a ir a la cárcel para pagar el precio por quitármelo todo. Soy feliz. Por fin va a estar exactamente donde debería estar: pudriéndose en prisión. No importa que yo cometiera el delito por el que va a pagar. ¿Y qué si yo robé las joyas? Pertenecían a mi madre. Eran mías para robarlas. Lo importante es que Eva pague, y estoy segura de que será condenada. Voy a recuperar lo que merezco al casarme con un hombre rico. No debería haber tenido que casarme con él para conseguir lo que tengo derecho a poseer, pero ahora aceptaré lo que pueda. Me pregunto si está mal esperar que la niñata de mi difunto marido muera mientras está en prisión. No creo que esté mal, y espero que nunca salga viva de allí cuando la declaren culpable.*

Cerré el diario de mi madre con un golpe, incapaz de leer ni una sola palabra más de sus desvaríos de loca. Aquella fue su última entrada en el diario, un pasaje escrito justo antes de su muerte. Me sequé las lágrimas, deseando no haber abierto nunca el diario. El corazón se me encogió en el pecho, y dejé que el dolor por la traición de mi madre me inundara, deseando que el libro hubiera permanecido fuera de mi vista.

¿Qué estaba esperando cuando lo abrí por la última entrada? ¿Que confesara que en realidad me quería y que se sentía culpable por lo que había hecho? «No hay posibilidad de eso después de lo que he leído».

El libro estaba sobre la cama de Trace cuando subí a envolver su regalo. Solo podía suponer que el personal de limpieza lo había encontrado bajo la cama y lo había dejado sobre la colcha.

Con curiosidad, lo abrí y leí varios pasajes, incluido el que acababa de dejar de leer. No era como si Nora no me lo hubiera advertido, pero no estaba preparada para la maldad completa y absoluta que había en mi madre, el odio amargo que albergó hacia mí durante todos aquellos años.

—Me sorprende que me dejara vivir —farfullé en voz baja, con la voz aún llorosa.

Nunca entendería por qué no me había matado cuando era pequeña. ¿Acaso había marcado el límite en el asesinato? ¿O sabía que nunca se saldría de rositas? Ciertamente había deseado que estuviera muerta. Pero, por lo visto, nunca había tenido los huevos de acabar conmigo ella misma. No era por sentido de la misericordia. Eso quedaba claro por las entradas de su diario. Era más que probable que temiera terminar en la cárcel por asesinato.

«No es digna de mis lágrimas».

En mi mente racional, sabía que estaba loca y que yo no era responsable de sus sentimientos. Pero la niña que todavía vivía en mí se preguntaba por qué nunca pudo quererme. Había hecho lo imposible para ganarme incluso una miguita de su cariño. Cuando era niña, no entendía por qué me odiaba, y creía que era mi culpa. De adulta, era más lista, pero por alguna razón su odio hacia mí seguía doliéndome.

—Ha sido interesante leer ese... librito. —La voz de mujer sonó desde la puerta.

«Britney».

Intenté no sentir náuseas ante su tono falsamente dulce. Sabía que bajo su apariencia de supermodelo rubia y despampanante yacía el corazón de una víbora.

Me volví hacia ella mirando fijamente el libro que tenía en la mano.

—¿Qué?

Se deslizó en el interior del dormitorio con una sonrisa confabuladora en el rostro que al instante quise borrarle de la cara con una bofetada.

Siempre que pude, evité permanecer cerca de ella e ignoré sus pullas desagradables cuando tenía que estar en su compañía. Me gustaban los hermanos de Trace y mi corazón lloraba por Dane. Tal vez estuvieran juntos, pero Britney no se merecía a Dane. Sí, tenía cicatrices, pero no se merecía otra espina en el costado ni un grano en el culo como aquella mujer. Era tan fría como la Antártida.

—Oh, espero que no te importe, pero estaba buscando algo para leer y encontré ese librito que tienes en la mano. Ha sido una lectura muy interesante. Creo que a la gente le fascinaría enterarse de que Trace Walker va a casarse con una delincuente y de que su padre fue engañado para casarse con una psicópata. Toda la historia familiar sería un chasco, supongo. Después de todo, va a casarse con su hermanastra. —El gesto de Britney se tornó en una sonrisa malvada.

«¡Zorra!».

Iba husmeando deliberadamente y había encontrado el diario de mi madre. Yo no lo había leído entero pero, por lo visto, Britney sí que lo había hecho.

—¿Has robado mis cosas personales? —pregunté enfadada.

Fulminé con la mirada su cara demasiado maquillada, y los mechones rubios que siempre se veían perfectos. Incluso cuando estábamos en casa, de manera informal, se vestía como si fuera a una fiesta. Aquel día llevaba tacones y un vestido corto verde que dejaba al aire la mayor parte de sus muslos, aunque probablemente fuera hacía una temperatura bajo cero.

Britney se encogió de hombros.

—Estaba buscando material para leer. Me encontré con la información por coincidencia. Tienes que admitir que no será una historia bonita. Trace prometido con su hermanastra delincuente, y su padre engañado para casarse con una demente. Trace habría estado mucho mejor conmigo —farfulló Britney.

—Nunca estaría mejor con una zorra como tú —gruñí.

Britney dejó escapar un sofoco fingido.

—La gatita empieza a enseñar las uñas. Supongo que te pones bastante violenta después de haber estado en prisión. Hasta tú tienes que admitir que es un poco enfermizo estar prometido con tu hermanastra.

—No. Somos. Familia. —No pensaba explicarle mi relación con Trace. No era asunto suyo.

—Vamos al grano, ¿de acuerdo? —Todo rastro de inocencia desapareció de la voz de Britney, y estaba mudando su piel de serpiente superficial—. El sitio de Trace está conmigo. Ya no puedo seguir jodiendo con el bicho raro de su hermano. Ni siquiera aguanto que me toque. Es horroroso. Ni siquiera puedo hacerlo por su dinero. Me pone la piel de gallina.

—Tú me pones la piel de gallina—dije con voz ronca, tan enfadada que apenas podía contenerme.

—Solo estás celosa —racionalizó Britney—. Soy guapa y lo sabes.

«Eres fea por dentro, que es donde cuenta».

No respondí. Me limité a fulminarla con la mirada.

—Déjame a Trace, y nunca diré una sola palabra de lo que leí en el diario. Sigue con él durante más tiempo y daré la primicia mañana, en Navidad. Tienes dos opciones. ¿Cuál eliges? —Britney levantó dos dedos burlonamente.

Yo estaba que echaba chispas, con una rabia que nunca antes había sentido, incluso cuando me traicionó mi madre.

—No va a volver contigo. —Sabía que Trace había visto lo que había detrás de la débil fachada de Britney.

—Lo hará —dijo terminantemente.

—¿También vas a chantajearlo a él? ¿Con qué?

—Puedo dejar a Dane fácilmente o puedo partirle el corazón. Sinceramente, no me importa cómo vaya. Puedo decirle que es un bicho raro y que no puedo dejar que vuelva a ponerme una mano encima.

—¡Guarra! —le escupí, deseando tener la munición para decirle que se jodiera. Por desgracia, no sabía qué hacer. Cada detalle de nuestras vidas sería diseccionado, y no podía ver a Trace pasar por eso. Lo que no quería era ver a su padre arrastrado por el barro después de su muerte. Eso mataría a todos los hermanos Walker. Sabíamos que aquello iba a terminar. Únicamente tendría que cerrarlo antes de lo que habíamos planeado.

Los ojos de Britney se entrecerraron.

—Decide —exigió.

—Me iré. Pero que sepas esto... nunca vas a recuperar a Trace. Ya sabe que eres una zorra, y no va a volver contigo. Nunca.

—Quiere a sus hermanos. Estuve con él lo suficiente como para conocer sus debilidades.

El simple hecho de que fuera a utilizar el amor de Trace hacia sus hermanos contra él hizo que sintiera náuseas.

—Sal. De. Aquí.

No quería que volviera a entrar en la habitación de Trace nunca más.

—Espero que te hayas marchado para mañana por la mañana. Y deja el anillo. —Britney miró el antiguo anillo de compromiso—. Va a dármelo a mí. Siempre quise un compromiso navideño.

«¡Por encima de mi cadáver! No voy a quedarme nada que pertenezca a Trace, pero desde luego que ella nunca se lo pondría».

Finalmente, mi rabia alcanzó la superficie y no pude contenerla. Di unos pasos hasta Britney, alcé la mano y le crucé la cara de una bofetada mientras oía el satisfactorio ¡zas! de mi mano al entrar en contacto con su cara.

—He dicho que salgas de aquí —repetí entre dientes apretados.

—Me has pegado, escoria de mierda —dijo furiosa.

—Vete o volveré a hacerlo —amenacé ominosamente, más que dispuesta a meterme en una pelea de gatas en toda regla. Ahora estaba enfadada y no sabía que hacer con mi rabia ardiente. Tal vez Britney fuera mucho más alta que yo, pero era una flacucha y dudaba que tuviera pelea para rato.

Con la mano en la mejilla hinchada, me advirtió:

—Desaparece para mañana por la mañana. —Volviéndose, salió con andares afectados.

Cerrando la puerta, eché el pestillo rápidamente; sabía que si volvía a verla tal vez no fuera capaz de contenerme.

Me dejé caer sobre la cama, aterrizando sobre la espalda. ¿Qué coño iba a hacer?

«Tengo que irme».

Todo lo que quería realmente era hablar con Trace, pero sabía que me diría que no huyera y que él se encargaría de los efectos colaterales. No podía permitir que eso sucediera. Parecía tan feliz con sus hermanos cerca. No quería problemas debido a mi pasado, no cuando afectaba a Trace y a su familia.

El dolor en mi pecho era atroz al pensar en separarme de él. Durante las últimas semanas, nos habíamos unido más y más. No tenía duda de que estaba enamorada de él, y abandonarlo dejaría una herida que probablemente nunca se cerraría.

«Tengo que amarlo lo suficiente como para dejarlo marchar».

Y lo quería tanto y más que eso. Nunca habíamos tenido futuro realmente. Tenía que arrancarme la tirita y lidiar con mi dolor para poder pasar página con el tiempo.

No tendría el trabajo prometido, pero ahora que no tenía antecedentes, podía conseguir otra cosa.

«Estaré bien. Estaré bien».

—¡Eva! ¡La puerta está cerrada! —sonó la voz de Trace desde el otro lado de la puerta.

Me levanté de un salto, intentando aplastar el pánico que sentía ante la idea de vivir sin él.

Giré el pestillo de la puerta y le dejé entrar; después cerré y volví a bloquear el paso.

—¿Estás bien?

Cuando vi la compasión tierna en sus ojos al mirarme quise romper en llanto y lo abracé, intentando memorizar su aroma.

Sus brazos me rodearon la cintura de inmediato y me sostuvo así.

—Eh, algo va mal.

—No —lo negué—. Solo te echaba de menos.

—Creo que me alegro de eso —dijo con picardía.

—¿Todo bien con tus hermanos?

—Todo está bien. Creo que Sebastian va a mudarse a Denver para trabajar conmigo.

Sonaba aliviado y... feliz. Se me aligeró un poco el corazón. Sabía que quería volver a estar unido a sus hermanos, e iba a ocurrir. Poco a poco, pronto la rota familia Walker volvería a estar unida.

—Se te oye feliz.

—Lo estoy —contestó, deslizando una mano por mi espalda para apretarme el culo envuelto en unos vaqueros—. Solo quiero una cosa más estas Navidades.

—¿Qué?

—A ti —respondió con voz ronca.

—Ya me tienes —bromeé. «Dios, tengo que mantener esta conversación ligera».

Dio un paso atrás; yo estaba fascinada por la luz en sus ojos verde líquido.

—Te quiero para siempre, Eva.

Me dio un vuelco el corazón al mirarlo a los ojos. Eso también era lo que yo quería, aunque no iba a suceder. Pero quería que supiera algo:

—Mira, tengo algo que decirte, y no quiero que reacciones, ¿vale? Solo quiero que sepas algo.

Asintió, pero su gesto era de confusión.

Inspiré profundamente.

—En algún momento de este falso compromiso, se ha convertido en mucho más que una simple actuación. Me importas, Trace. No sé cuándo, y no sé cómo ocurrió. Solo sé que es verdad.

Abrió la boca para decir algo, pero cubrí sus labios con los dedos mientras proseguía.

—No tienes que decir nada. No tengo expectativas. Solo quería que lo supieras: estas han sido las mejores semanas de mi vida.

—No te comportes como si te estuvieras despidiendo, Eva —dijo con voz áspera, con mirada abrasadora.

Ladeó la cabeza y capturó mis labios antes de que pudiera reaccionar. Su lengua me penetró la boca con un objetivo determinado, y me abrí a él. Lo necesitaba en ese preciso momento, tenía que estar con él por última vez.

—Fóllame —exigí con urgencia en el momento en que liberó mi boca.

—Eso planeo —coincidió, dando un paso atrás para manosear la cremallera de mis vaqueros.

CAPÍTULO 17

Eva

Nos arrancamos la ropa mutuamente como si fuéramos a morirnos si no follábamos en los próximos segundos, y puedo decir sinceramente que así es como me sentía exactamente. Tenía tanta sed de Trace que no podía respirar, y el corazón me latía desbocado como un tren de cargo descarrilado.

Tiré del pesado suéter de pescador que llevaba mientras se arrodillaba para desenvainarme de los vaqueros y las medias.

—Quítatelo —gemí, levantándole los brazos para que me dejara librarlo de la prenda mientras me quitaba impaciente los vaqueros y la lencería que me había bajado hasta los tobillos a patadas.

Se puso de pie y me quitó sin esfuerzo el suéter y el sujetador mientras yo manoseaba vigorosamente la cremallera de sus pantalones. Las manos me temblaban tanto que al final Trace tomó el mando y se quitó los vaqueros y los bóxer ajustados él mismo.

Gemí cuando me sujetó las manos por encima de la cabeza, contra la pared, con ojos ardientes y salvajes mientras me miraba fijamente.

—Joder, Eva. ¿Qué coño me has hecho? —gruñó.

Yo no podía responder. Lo miré mientras el aire entraba y salía de mis pulmones. Trace estaba en crudo en ese momento, y era arrebatador. Mi cuerpo se tensó; vibraba con el deseo de tener a ese hombre dentro de mí.

—Por favor —supliqué, rodeándole el cuello con los brazos.

—Rodéame la cintura con las piernas —exigió mientras soltaba mis manos.

Di un salto y me cogió el culo con las dos manos, apretándome los cachetes mientras cambiaba de postura hasta quedar perfectamente posicionado.

Se me cortó la respiración; mi cuerpo ávido cuando sentí su enorme polla deslizándose dentro de mis pliegues húmedos y a lo largo de mi clítoris. Empecé a hundirme en las sensaciones mientras mis pezones como piedras rozaban a lo largo de los músculos duros de su pecho.

Se me podía olvidar mi propio nombre cuando estaba entrelazada de esa manera con Trace; la sensación y su aroma masculino bastaban para hacer que me perdiera por completo.

—Agárrate a mí. —Su voz era dominante, pero también cruda y necesitada.

«¿Cómo si fuera capaz de hacer cualquier otra cosa que agarrarme a ti? Ahora mismo eres el centro de mi universo».

Apreté las piernas alrededor de sus caderas, instándolo a que me follara.

Trace no me decepcionó; su impulso hacia delante me clavó con fuerza contra la pared mientras embestía en mi vaina.

—Ah, Dios. ¡Sí! —Grité, preguntándome si alguna vez había sentido nada tan bueno como su cuerpo conectado al mío.

Clavando las manos en su pelo, me apoyé contra su pecho y lo besé, metiéndole la lengua en la boca a medida que empezaba a embestir con un ritmo castigador, bombeando dentro y fuera de mi canal con una fuerza que me dejó gimiendo indefensa contra sus labios.

Su asalto a mis sentidos fue inmisericorde cuando por fin me separé del abrazo para respirar, y su boca empezó a devorar cada centímetro de piel desnuda que alcanzaba. La lengua de Trace allanó el camino desde mi oreja hasta mis hombros, y después arriba otra vez.

—Eres mía, Eva. Siempre me pertenecerás —dijo con un susurro áspero.

Cada terminación nerviosa de mi cuerpo prendió en llamas cuando su declaración en voz baja vibró en mi oído. Su posesividad feroz me hizo arder con más calor, y estaba desesperada por alcanzar el clímax. Cada golpe de su polla hacía que su entrepierna me frotara el clítoris, y el ritmo brutal me estaba enloqueciendo. Sentí como empezaba mi orgasmo.

Su mano se movió sobre mi trasero, permitiendo que su dedo acariciara a lo largo de la grieta de mi culo y por encima de la abertura fruncida de mi ano. La sensación de la yema de su dedo penetrando ese agujero prohibido desencadenó un violento clímax que se hizo presa de mi cuerpo como un pequeño objeto aspirado en la trayectoria de un tornado.

—¡Trace! —grité mientras seguía clavándomela. Se me arqueó la espalda y mi cabeza entró en contacto con la pared. Me aferré a sus hombros mientras las uñas se clavaban en la piel de la parte superior de su espalda.

—¡Joder, sí! Márcame, Eva. Márcame, joder, porque desde luego que yo ya sé que soy tuyo. —Gimió mientras me empujaba contra la pared una última vez, penetrándome con fuerza de manera que su polla se enterrara dentro de mí hasta la raíz.

Me sacudí en sus brazos en la agonía del clímax, mis uñas cortas aún incrustadas en su piel. Algún impulso animal que rugía en mi interior quería hacerlo mío de cualquier manera que pudiera, especialmente después de habérseme declarado.

A medida que mi cuerpo empezaba a relajarse, solté la prensa de sus hombros y lo rodeé con los brazos y con un sollozo, que era en parte de alivio y en parte de pena, mientras terminaba de derramar su corrida cálida en lo más profundo de mi vientre.

Mi cuerpo estaba saciado, pero tenía el corazón hecho pedazos. «¿Cómo puedo dejar a este hombre, a este hombre maravilloso al que ahora le pertenece parte de mi alma?

Me llevó hasta la cama y me tumbó con delicadeza después de retirar la colcha. Me hice a un lado y él metió su cuerpo entre las sábanas.

—¿Qué pasa? —preguntó mientras me envolvía entre sus brazos con ternura.

—Nada —mentí, consciente de que probablemente había oído un sonido breve e involuntario de tristeza—. Creo que estaba... abrumada. —«Bueno, ésa es la verdad».

—Quiero hacerte feliz, Eva.

Trace me ponía exultante, razón por la cual iba a ser tan condenadamente difícil alejarme de él.

—Quieres hacerme feliz.

Ninguno de los dos dijimos ni una sola palabra y permanecimos tumbados, los cuerpos entrelazados, mi cabeza sobre su pecho mientras escuchaba el latido rápido y fuerte de su corazón. Deseaba que hubiera alguna manera de poder seguir con él. Por desgracia, nunca encontré una solución, y sabía que esos instantes eran preciosos porque tendrían que sustentarme durante toda la vida.

Varias horas más tarde, volvía a estar vestida con la espalda apoyada sobre el cabecero mientras miraba a Trace, dormido.

Había preparado una pequeña bolsa solo con cosas que necesitaba desesperadamente, como unas cuantas mudas y algunos efectos personales.

Había dejado el anillo de su madre junto a su cartera y su reloj en la mesa de noche, lugar en el que sabía que lo encontraría casi de inmediato al levantarse.

No estaba segura de cómo les explicaría mi ausencia a Sebastian y Dane, pero él pensaría en algo. Lo importante era que ni el nombre de Trace ni el de su padre fueran arrastrados por el barro.

A sabiendas de que Trace tenía un sueño pesado, dejé que mi mano le acariciara el pelo ligeramente.

—Tengo que irme —le susurré a un Trace durmiente—. No quiero hacerlo, pero no puedo destrozarte la vida quedándome.

Suspiré, consciente de que tenía que levantarme de la cama y obligarme a marcharme, pero estaba intentando robar cada momento posible.

—Te amo —dije en voz baja; las lágrimas me corrían libremente por las mejillas—. Siento no habértelo dicho nunca, pero habría sido incómodo y complicado, y sé que odiarías eso.

En la distancia, oí uno de los elegantes relojes de Trace repicando a medianoche, y supe que era hora de marcharme.

—Feliz Navidad, Trace —murmuré con voz temblorosa mientras envolvía su mejilla dulcemente con la palma; después retiré la mano.

No volví la vista atrás cuando me levanté, me eché el ligero bolso de mano al hombro y agarré la chaqueta que había colocado junto a éste. Era un mar de lágrimas, que me nublaban la visión hasta el punto de que apenas veía la puerta cuando extendí la mano hacia ella y toqueteé en busca del picaporte.

Acababa de girarlo cuando un brazo muy fuerte y muy grande serpenteó hasta envolverme cintura y la voz de Trace retumbó lo bastante alto como para despertar a todo el mundo que había en la casa.

—¿¡Dónde coño crees que vas!?

—Trace, tengo que irme —luché, pero mi fuerza no era rival para el macho furioso que tiró de mi cuerpo contra el suyo.

—¡Y una mierda! No te vas a ningún lado. Me amas. Te he oído decirlo —exclamó con voz áspera.

Dejé caer la bolsa y la chaqueta que llevaba en la mano cuando me levantó, dio unos pasos hasta la cama y me arrojó sin cortesías sobre las sábanas. Empecé a rodar para bajar de la cama, pero enseguida me montó a horcajadas y me sujetó las manos a los lados de la cabeza.

—Explícamelo —dijo con voz enfadada y entrecortada.

Lo miré, las mejillas aún rayadas por la humedad de mis lágrimas. Estaba furioso, pero yo no le tenía miedo. A pesar de que su mirada fuera tempestuosa y de que tuviera las fosas nasales dilatadas por la rabia, no me haría daño.

—No puedo explicártelo.

—Por supuesto que puedes explicármelo, y vas a hacerlo.

Negué con la cabeza.

—No puedo.

—Dímelo, Eva. Y si tienes una buena razón, te dejaré ir.

La cabeza me daba vueltas con ideas.

—¿Lo prometes?

Asintió bruscamente una vez.

Tal vez decirle la verdad era la única manera de que dejara que me fuera. Y tenía que irme.

Respiré profundamente y empecé a hablar.

—Britney lo sabe todo. Robó el diario de mi madre. Creo que ha leído más que yo. Si no me voy, lo divulgará todo y le dirá a Dane que solo durmió con él para fastidiarte. Le hará daño.

Trace parecía confundido.

—¿Eso es todo? Es una razón pésima. No te vas a ninguna parte.

—Es suficiente. Destrozará la reputación de mi padre, y la tuya. Y hará mucho daño a Dane. —Irritada, tiré de mis muñecas confinadas y lo fulminé con la mirada.

—Sinceramente, cariño… no, no es suficiente. Joder, Eva, te quiero. ¿Crees que me importa una mierda lo que haga Britney?

«¿Me quiere?».

—Obviamente me has oído hablando, así que sabes que yo también te quiero. No puedo permitir que te destruya. Ha amenazado con revelarlo todo sobre tu padre engañado para casarse con la loca de mi madre.

—Mi padre está muerto, Eva. Y no me importa una mierda lo que diga sobre mí o sobre ti. Pero dudo que se atreva a cumplir sus amenazas. Dane ya sabe que lo está utilizando. No va a partirle el corazón.

—¿Lo sabe? ¿No está enamorado de ella? —Era cierto que nunca me había parecido que Dane actuara como un enamorado, pero era un hombre callado.

—No —respondió llanamente—. Ahora vamos a hablar de nosotros.

Tragué el nudo que tenía en la garganta mientras elevaba la mirada hacia él, sin palabras. Sus ojos seguían ardiendo con intensidad, y no veía señales de que su enfado se estuviera disipando.

Prosiguió cuando yo no hablé.

—Si te vas, me romperás el corazón, Eva. Nunca me he sentido así por ninguna mujer, pero no creo que pueda volver a juntar las piezas de mi persona si te vas. Necesito que te quedes conmigo. Pase lo que pase, lidiaremos con ello juntos, pero no puedes huir. No lo aguantaría.

El corazón se me encogió hasta que creí que me iba a estallar.

—¿Por qué yo? —pregunté en voz baja.

«¿Me quiere?». Seguía sin ser capaz de hacerme a la idea de tal afirmación, y no entendía por qué me quería. Oh, sabía que le importaba, pero me quería hasta el punto de ser su debilidad, una mujer a la que necesitaba desesperadamente. «¿Yo?».

—¿Por qué tú no? —preguntó con voz más calmada,

—Soy una doña nadie mestiza, Trace. Una mujer que ha pasado en prisión la mayor parte de su vida adulta...

—Porque tu madre era una lunática —terminó—. Eres la mujer más fuerte que he conocido en mi vida. Creo que desde el momento en que admitiste que no conocías a Chloe supe que estaba condenado. Simplemente no quería admitirlo, de modo que me convencí de que sólo necesitaba follarte. Pero no es verdad. Joder, lo necesito, pero necesito más que eso. Lo necesito todo de ti.

Sonaba contrariado, y tuve que sonreír.

—¿Crees que puedes dejar que me incorpore?

Su agarre sobre mis muñecas se volvió más suave, y al final tiró de mi hasta incorporarme mientras farfullaba:

—Te soltaré, pero no dejaré que te vayas.

Me agarró firmemente por la cintura y me sujetó entre sus piernas.

Suspiré al sentir el calor de su cuerpo contra la espalda.

—Quiero quedarme contigo, pero temo lo que pueda hacer Britney. No quiero irme, Trace.

—No te vas, y no me importa una puñetera mierda lo que haga Britney. Se va de aquí. Me disculparé con Dane por quitarle su «follamiga», pero yo te necesito más que él a ella.

Permanecí allí sentada un momento, atónita. Tenía que ser la primera vez en su vida que Trace pensaba primero en sus propias necesidades, y se lo dije.

—Esta vez tengo que hacerlo —admitió—. No valdría una mierda si me dejas.

Me quité los zapatos de un puntapié y dejé que cayeran al suelo. Después me di la vuelta, hincándome de rodillas y abrazando sus hombros desnudos.

—Te quiero. Pensaba que se me iba a partir el corazón — farfullé con voz llorosa.

—Lo habría arreglado, cariño —dijo Trace con voz ronca mientras me acariciaba la oreja con la nariz—. No hay nada que no haría por ti.

Me aferré a él cuando volvieron a caérseme las lágrimas, que aterrizaban sobre su piel desnuda mientras lo abrazaba contra mí. Tampoco había nada que yo no haría por él. Estaba convencida de que realmente no le importaba si mi pasado salía a la luz.

—La cosa se pondrá fea si habla —le advertí, mi miedo aún presente a pesar de que estaba completamente convencida de que me quería. En realidad, no quería que mi pasado le causara ningún daño en el futuro. Me mataría que le hicieran daño por mi causa.

—No importa —gruñó Trace—. Lo único que me haría daño es que te marcharas.

Me vine abajo cuando dijo su respuesta franca, y me sentí agradecida con el destino que había llevado a ese hombre increíble a mi vida, la única persona que había creído en mí por completo.

Me eché atrás cuando su brazo se extendió hacia la mesa y cogió algo.

—Has olvidado esto —dijo con un tono ligeramente molesto.

Tenía el anillo de su madre.

—No podía llevármelo —tartamudeé, sorprendida de que pudiera pensar que no se lo habría devuelto.

Alzó mi mano y me puso el precioso anillo en el dedo otra vez.

—Entonces, acéptalo ahora. Quiero que te cases conmigo, Eva. No que finjas, sino de verdad. Sácame de esta miseria y dime que serás mi esposa, que lo llevarás para siempre.

Miré de hito en hito de mi mano a su cara; no estaba segura de si me sentía feliz o aterrada. Entonces, como no podía contenerme, empecé a llorar.

CAPÍTULO 18

Eva

La idea de tener a Trace en mi vida para siempre como mi mejor amigo, mi amante y mi marido era abrumadora.

«Cosas así no le ocurren a mujeres como yo».

Volví a abrazarlo, gimoteando contra su cuello.

—Joder, ¿es tan deprimente la idea de casarte conmigo? —preguntó Trace mientras me rodeaba fuertemente con los brazos.

—No —respondí con una tos que sonó más parecida a un sollozo—. Es increíble. Pero para una mujer como yo, es prácticamente una fantasía que el hombre de mis sueños me pida que me case con él.

—Soy un gilipollas, Eva. Pero si aceptas aguantarme, me harás el gilipollas más feliz del mundo.

No pude evitarlo. Me reí. Tal vez Trace fuera arrogante, mandón y estuviera decidido a salirse con la suya cuando pensaba que tenía razón, pero sus cualidades positivas compensaban todas esas cosas con creces. Además, a veces me gustaba su carácter mandón. Cuando no me gustaba, estábamos obligados a discutir, pero nada de eso importaba. Nos queríamos, así que siempre haríamos concesiones de alguna manera.

—Eres un poco mandón —cavilé en voz alta.

—Estoy de acuerdo —admitió sin reparos.

—Y no me gusta cuando haces lo que crees que es bueno para mí sin consultarme.

—No lo haré —prometió.

Se me deshizo el corazón y no pude seguir bromeando con él.

—Pero eres mi príncipe azul y me rescataste cuando no quería seguir intentándolo —admití con voz llorosa—. Creíste en mí e hiciste que volviera a sentirme como una persona valiosa. Muy pronto, yo también empecé a creer que lo era. Tengo trabajo que hacer si quiero reencontrarme y dejar mi pasado atrás, pero sé que quiero hacer eso contigo. No estoy segura de qué voy a hacer con mi vida, pero ahora sé dónde pertenezco.

—¿Dónde? —preguntó con nerviosismo.

—Contigo —le susurré suavemente al oído—. Siempre contigo, si de verdad me amas.

—¿Eso es un *sí?* —preguntó con voz ronca.

—Sí, por favor. Te amo tanto que duele. Quiero casarme contigo.

Los lagrimones seguían cayéndome por las mejillas, pero no me importaba. Después de lo que había parecido un infierno de por vida, ahora tenía lo más valioso que había poseído en mi vida: el amor de Trace.

—No quiero que sufras nunca, Eva. Creo que los dos necesitamos dejar el pasado donde pertenece: en el pasado. Es historia. Nunca fuiste culpable de nada excepto de dejarte el culo trabajando para sobrevivir. —Sus brazos se estrecharon en torno a mí, posesivos—. Te daré todo lo que esté en mi mano para hacerte feliz. ¿Qué planes tenías antes de ser arrestada?

Suspiré y apoyé la cabeza en el fuerte hombro de Trace.

—La escuela de cocina. Isa me estaba ayudando a conseguir becas y a encontrar una escuela que me permitiera trabajar mientras estudiaba.

—¿En Colorado?

Asentí.

—¡Gracias, hostia! —exclamó—. Lo último que quiero es que tener que estar lejos de ti para hacerte feliz. ¿Todavía quieres asistir a la escuela?

—Más que nada —dije con melancolía.

—Encontraremos la mejor escuela de la zona y no dudes en probar nuevas recetas conmigo —dijo magnánimamente.

Reí con nerviosismo porque estaba contentísima.

—Gracias. Eso es muy amable por tu parte.

—Soy un cabrón egoísta —corrigió—. Y tú eres una cocinera increíble.

«Dios, adoro a este hombre. Me hace sentir como si pudiera hacer cualquier cosa».

—Te amo —le dije sin aliento; mi corazón latía con fuerza con la adrenalina de amar y ser amada—. Te prepararé cualquier cosa que sea capaz de hacer. Es lo único que se me ocurre para devolverte lo que me has dado.

—No me importa lo que hagas, siempre que seas feliz. Cocina. No cocines. —Me volvió sobre mi espalda con cuidado y cubrió mi tronco con el suyo. Sus oscuros ojos de jade eran intensos cuando nuestras miradas se cruzaron y se sostuvieron.

Sabía que había llegado la hora de liberarse, de desahogarse del pasado. Todo lo que había ocurrido era una desgracia, pero el karma me había proporcionado un futuro increíble, y un hombre que nunca dejaría que volviera a sentirme sola y asustada. Si tuviera que volver a pasarlo todo para terminar donde estaba en ese momento, lo haría sólo para estar con él. Tal vez todavía tendría alguna pesadilla ocasional, y no sabía cómo me sentía con respecto a mi abuela, pero ya lo averiguaría más adelante. Lo único que importaba era vivir para el presente, y sentirme agradecida de que el destino hubiera arrojado a Trace Walker en mi camino.

Trace tenía razón. Yo no era culpable de nada excepto de intentar ser mejor persona. En adelante, tendría que olvidar mi rabia y mantener la cabeza tan erguida como pudiera. Era joven.

Era increíblemente feliz. Y sabía que era capaz de hacer cosas buenas. Las Britneys del mundo podían irse al infierno.

Alcé la mano y envolví su mandíbula, dejando que mis dedos jugaran sobre sus labios.

—Yo también te amo, Trace. Olvidaremos el pasado juntos.

—Trato hecho —accedió con voz ronca—. Tengo algo que quiero darte, pero no quiero volver a hacerte llorar.

Hizo parecer que mi llanto era peor que la tortura para él. ¿No entendía que estaba llorosa porque estaba abrumadoramente feliz?

—No voy a llorar —prometí.

—Bien. —Me sonrió mientras rodaba hasta bajar de la cama. Se acercó hasta su armario y sacó una fotografía enmarcada del fondo del armario.

—No he tenido oportunidad de envolverla y ponerla debajo del árbol.

Durante un momento, me encontré tremendamente distraída con su cuerpo desnudo, los ojos clavados al culo más *sexy* y prieto que había visto en mi vida. Hasta que se dio la vuelta y me recibió la vista de su polla en posición de firmes. Mis ojos devoraron cada músculo definido a medida que volvía a la cama. «Dios, ¿me quedaré muda y atónita siempre con sólo verlo desnudo?». Vestido o desvestido, verlo siempre me dejaba sin aliento.

Le devolví la sonrisa mientras alargaba el brazo para aceptar el gran marco. Medía al menos treinta centímetros de ancho y lo mismo de alto, y pesaba, probablemente debido al marco ornamentado. Le di la vuelta y me quedé inmóvil mirando el rostro que parecía devolverme la mirada.

Era una fotografía de mi padre.

Me quedé boquiabierta con la sorpresa y, contraria a mi promesa, se me llenaron los ojos de lágrimas.

—Ay, Dios. ¿Cómo?

Yo no tenía fotografías de mi padre. Lo había perdido todo, incluida la mayor parte de mis objetos personales cuando me encarcelaron.

—La encontré en los registros públicos. La he retocado digitalmente y la he agrandado. Te pareces a él, Eva.

La fotografía original podría haber sido de una identificación de trabajo, o una foto tomada por un compañero. Era un primer plano, únicamente de la cabeza y los hombros, pero mi padre sonreía a la cámara, sus hombros anchos cubiertos por una de sus habituales camisas de trabajo azul marino.

Me temblaban los dedos al trazar el contorno de la cara de mi padre en su cubierta de cristal.

—Así es como lo recuerdo. Independientemente de lo mucho que trabajara o de lo difícil que fuera la vida, siempre estaba sonriendo.

Trace volvió a sentarse en la cama y me rodeó con el brazo.

—Entonces os parecéis mucho —observó.

Nos parecíamos. La fotografía prominente me devolvió un pedacito de mi padre, y me hizo recordar lo orgullosa que me sentía de ser su hija.

—¿Cómo te doy las gracias por algo así?

—¿Bésame? —sugirió esperanzado.

Cogí la fotografía y la puse con cuidado sobre mi mesa de noche. Era demasiado grande para ponerla en una estantería, pero ya encontraría dónde colgarla más tarde.

Rodeando su cuello con los brazos, me acerqué más a él y susurré contra sus labios:

—Gracias. —Entonces, lo besé, volcando cada emoción que sentía en el abrazo.

Resultaba gracioso lo parecidos que eran nuestros regalos de Navidad. Yo había comprado un marco enorme y había colocado fotos de él, su padre y sus hermanos en los espacios provistos; fotos que aparecían metidas en cajones por toda la casa. Pensé que quedaría bonito en su despacho. Era extraño cómo ambos parecíamos querer que el otro recordara tiempos más felices, un tiempo anterior a que nuestras vidas quedaran arruinadas.

Aquel regalo, junto con otros más pequeños, ya estaba envuelto y debajo del árbol para que lo abriera por la mañana.

Ambos terminamos el beso casi sin aliento. Trace se levantó y me ayudó a ponerme de pie, desvistiéndome lentamente como si llevara años haciéndolo antes de dejarme con cuidado sobre la cama y envolverme con las sábanas y con la colcha.

Fue hasta el armario, se puso un albornoz rápidamente y se dirigió hacia la puerta.

—¿Qué haces? —pregunté desde mi cómodo capullo.

—Asegurarme de que Britney se haya ido por la mañana.

Salió antes de que tuviera oportunidad de decir nada más, pero volvió unos minutos después.

Trace se quitó el albornoz, apagó la luz y se deslizó junto a mí.

—Hecho —afirmó mientras me recogía entre sus brazos.

Casi ronroneé satisfecha cuando nuestros cuerpos se encontraron piel con piel.

—¿Tan rápido?

—Cariño, no da tanto miedo como crees. Es una mujer que hace presa de hombres ricos. Lo último que haría es ir revelando secretos. No es bueno para sus perspectivas de futuro.

—¿Dane está bien?

—Hacer que se fuera temprano ha sido idea suya. Una vez que le dije que te estaba amenazando, estaba listo para librarse de ella. Le gustas. Y también a Sebastian.

—Me gustaría contarles la verdad en algún momento —le dije dubitativa. Siempre había querido un hermano, y planeaba convertir a la familia de Trace en la mía propia.

—Entonces, díselo. Puedes decidir tú misma si quieres compartir tu pasado o no. A mí no me importa de ninguna manera, excepto que odio lo mucho que has sufrido.

Me acurruqué contra su cuerpo cálido, tan contenta que no podría moverme si la casa estuviera en llamas. Dios, me encantaba la manera en que confiaba en mi juicio, la manera en que estaba dispuesto a aceptar cualquier cosa que decidiera hacer.

—Me lo pensaré.

Estaba cansada y se me cerraron los ojos mientras me relajaba contra su cuerpo.

—Te quiero mucho. Feliz Navidad, Trace.

—Feliz Navidad, cariño —contestó besándome con ternura en la frente.

A medida que me quedaba dormida, me maravillé ante el hecho de que aquellas Navidades no hubieran ido exactamente como había planeado. Sabía que aquel trabajo con Trace cambiaría mi vida, pero no sabía cuánto.

Cuando elegí mi plan A el día que conocí a Trace, nunca imaginé que no solo me salvaría de las calles, sino que terminaría siendo realmente amada.

Para una mujer como yo que nunca había conocido mucho amor en su vida, no era nada menos que un milagro, y el mejor regalo que pudiera recibir.

Me dormí con una sonrisa en los labios y abrazando estrechamente el mejor regalo de Navidad de mi vida.

EPÍLOGO

Trace

«¡Cualquiera que piense que casarse no es estresante para el novio es un condenado idiota!».

Estaba hecho un manojo de nervios mientras esperaba en la antesala asignada para el novio y los padrinos, esperando durante lo que pareció una eternidad a que nos llamaran para que ocupáramos nuestros sitios.

Dane parecía incómodo en su esmoquin negro, que era muy parecido al mío, pero no se quejaba. Sabía que no era fácil para él dejar su isla para acompañarme en mi boda, y me sentía muy agradecido de que estuviera allí. Sabía que lo hacía por mí… y por Eva. Mi hermano pequeño le había cogido mucho cariño, y puesto que lo llamaba varias veces a la semana, se estaba volviendo un poco más sociable. Mi dulce Eva podía ser muy obstinada, y estaba condenadamente decidida a vernos a mí, a Sebastian y a Dane tan unidos como lo estábamos cuando éramos jóvenes.

Poco a poco… estaba alcanzando su objetivo.

Opté por una boda pequeña puesto que Dane hacía las veces de padrino. Sebastian llevaría a Eva hasta el altar, una responsabilidad que se tomaba muy en serio. De hecho, mi hermano mediano se había convertido en el socio modélico, cosa que me daba tiempo adicional para pasarlo con Eva antes de que empezara la escuela de cocina en otoño. Íbamos a irnos de luna de miel, una muy larga, poco después de la boda, vacaciones durante las que esperaba que pasásemos mucho tiempo desnudos.

Aunque estaba nervioso, sonreí un poco porque conocía a Eva. Estaría decidida a ver las vistas de los sitios en los que nunca había estado. Yo sería igualmente obstinado sobre querernos desnudos y follando hasta poder librarme de la erección que lucía permanentemente cuando estaba cerca de ella. Llegaríamos a un acuerdo. Siempre lo hacíamos.

—Voy a buscar a la novia. Ya es casi la hora —mencionó Sebastian con ansia.

«Joder, suena casi tan nervioso como yo». Miré a mi hermano mediano, agradecido por todas las charlas que habíamos mantenido sobre el pasado. Ya no hablábamos mucho de eso, y creo que habíamos superado nuestras diferencias. Yo no sabía lo que quería y él no había dado su opinión. Ambos aceptamos nuestra parte de culpa y terminamos más unidos a causa de eso.

—No espantes a mi novia —gruñí mientras miraba a Sebastian, ataviado casi igual que Dane y yo.

—En realidad espero que te deje plantado en el altar y se fugue conmigo —dijo Sebastian con malicia.

Lo fulminé con la mirada, pero me negaba a dejar que me provocara. No había nada que disfrutase más que ver cómo me enfadaba y me volvía posesivo. Sinceramente, sabía que Eva estaba a salvo con Sebastian. Él no cazaba en terreno ajeno, y no iba a robarme la novia. Además, sabía que Eva me quería. Aun así, no me hacía gracia su sentido del humor en ese momento.

—Ve a buscarlas a ella y a Isa, listillo —gruñí.

Sebastian se limitó a sonreír y se marchó sin prisa a buscar a mi novia y a su dama de honor.

Habían llegado a gustarme Isa y su marido, Robert. Ahora ambos venían a casa a cenar varias veces a la semana, y me encontraba esperando con ganas esas noches informales en su compañía. Isa era una mujer encantadora, y su marido era un tipo rico con sentido del humor. Los dos eran siempre invitados agradables y bienvenidos.

—¿Estás bien? —preguntó Dane con curiosidad.

—Estoy bien —respondí bruscamente.

—Pareces un poco nervioso. Creo que nunca te he visto tan ansioso.

—Nunca me he casado —repliqué secamente—. Solo quiero terminar con esto. Quiero que Eva sea mía.

—¿Crees que va a escaparse? Ya es tuya, Trace. Relájate.

«Para él es fácil decirlo. Nunca ha tenido a una mujer que lo tuviera pillado por los huevos. Aunque no es como si Eva se aprovechara de eso». Pero a veces era aterrador querer tanto a alguien.

—Estamos listos, caballeros —dijo la organizadora de la boda desde la puerta.

—Hora del espectáculo —dijo Dane resignado.

Seguí a la organizadora, con Dane siguiéndome de cerca. Nos colocamos en nuestros sitios en la parte delantera de la iglesia y por fin miré a los invitados.

Muchos eran amigos ocasionales o parientes lejanos, pero mi mirada se posó sobre la mujer elegante en la primera fila, una señora mayor. Nora Mitchell. Estaba sentada con sus tres hijastros cerca del altar, y sabía que Eva se alegraría de que estuvieran allí. No podía decir que todo fuera perfecto en la relación entre Eva y su abuela, pero lentamente estaban superando el dolor del pasado. Estaba bastante seguro de que pasaban más tiempos felices que tristes, y sabía que Eva se había encariñado con los hijastros de Nora.

Mi primo, Gabe, y su mujer, Chloe, sonreían en la primera fila. Me preguntaba si mi primo no estaba disfrutando un poco de mis nervios después de haberme reído de lo intenso que se puso con Chloe antes de casarse. Por desgracia, ahora entendía exactamente cómo se sentía. Lo miré abatido antes de lanzarle una débil sonrisa a Chloe. En realidad, me sentía agradecido hacia la mujer de mi primo, y por el hecho de que su amiga estuviera ocupada con las vacaciones y no se hubiera presentado en mi despacho para hablar de ser mi prometida falsa. Indirectamente, Chloe era responsable de que ahora estuviera con Eva.

Se me aceleró el corazón cuando la música dio comienzo e Isa se abrió paso con dignidad hacia el altar, lanzándome una sonrisa alentadora mientras tomaba sitio frente a mí y a Dane. Cuando los invitados se pusieron en pie para Eva, mi mirada no abandonó la puerta por la que sabía que entraría.

Contuve la respiración cuando la vi caminando con elegancia junto a Sebastian, increíblemente preciosa con el vestido blanco de novia que había elegido.

No respiré hasta que Sebastian la trajo hasta mí y la tuve a mi lado con toda seguridad. Sentía un dolor extraño y punzante en el estómago cuando vi que llevaba el collar de perlas y los pendientes que le había regalado. Llevó un tiempo, pero al final había aprendido a aceptar las joyas que le compraba, alejándose un paso más de sus miedos del pasado.

Por extraño que parezca, mi novia no parecía nerviosa en absoluto, y su rostro estaba iluminado con una sonrisa enorme.

Nos volvimos hacia delante y tomé su mano.

—No pareces nerviosa —dije en voz baja que solo ella podía oír.

—No lo estoy —susurró—. Este es mi cuento de hadas. Voy a disfrutarlo.

Sonreí al recordar que Eva se consideraba una especie de cenicienta. Y yo le recordaba constantemente que no era el príncipe encantador.

Sentí que me relajaba. Tal vez no fuera un héroe de cuento, pero siempre que Eva siguiera mirándome como si lo fuera, no importaba.

—Más tarde conseguiré mi deseo —le dije al oído.

—Pervertido —dijo en voz baja, regañándome, pero tan llena de burlas cariñosas que ya no estaba nervioso.

Joder, iba a casarme con la mujer a la que quería más que a nadie en el mundo. Ahora que la tenía junto a mí, todo iba bien.

—¿Estamos listos? —preguntó el pastor con una sonrisa.

—Sí —dijimos los dos perfectamente al unísono.

Eva y yo giramos las cabezas para sonreírnos mutuamente. La felicidad era un sentimiento embriagador, pero estaba seguro de que podría acostumbrarme a él. Ninguno de nosotros había experimentado mucho aquella emoción en el pasado. Tal vez yo tuviera dinero y Eva, no, pero estábamos tan profundamente conectados en otros sentidos que entendíamos el dolor del otro.

Ahora estábamos aprendiendo a aceptar la felicidad cuando tocaba, y saboreábamos cada minuto de ella.

«Joder, sí, estoy listo».

—Creo que llevo esperando este momento toda mi vida —susurró Eva mientras el pastor abría su Biblia y hojeaba buscando las páginas que quería.

Mi corazón rugió con sus palabras porque sabía exactamente lo que quería decir. Cada pedacito de dolor y sufrimiento que habíamos experimentado durante nuestras vidas nos había llevado hasta ese momento.

Le apreté la mano para que supiera que lo entendía.

—Estoy esperando la luna de miel con bastante impaciencia.

Se le escapó una risita, destrozando totalmente el ambiente solemne, pero para mí no había mejor sonido en el mundo. Sonreí con suficiencia mientras ella se tapaba la boca con la mano, intentando sofocar la risa por mi comentario irreverente.

No lo consiguió.

Cogí su cuerpo cuando se lanzó hacia mí y se rio con abandono:

—Te quiero.

—Yo también te quiero, cariño —le susurré al oído mientras la abrazaba contra mi cuerpo, saboreando su dulce aroma.

El pastor tosió, obviamente una señal de que ya estaba preparado, pero lo ignoré hasta que me sentí listo para soltarla.

Finalmente, nos separamos, y volví a tomar su mano, asintiendo al hombre de pelo canoso para que empezara la ceremonia.

Tal vez no era la manera de empezar una boda de cuento de hadas, pero así éramos nosotros, Eva y yo, y me parecía que la risa era la manera perfecta de empezar nuestra vida juntos.

~ *Fin* ~

BIOGRAFÍA DE LA AUTORA:

J.S Scott es una de las autoras más vendidas de novelas de romance eróticas. Aunque es una lectora ávida de todo tipo de literatura, escribe lo que más le gusta leer. J.S. Scott escribe historias eróticas de romance, tanto contemporáneas como paranormales. En su mayoría, el protagonista es un varón alfa y todas terminan con un final feliz porque no parece que la autora esté dispuesta a terminarlas de otra manera. Vive en las hermosas Montañas Rocallosas con su esposo y sus dos muy consentidos Pastores Alemanes.

Visita mi sitio de Internet:
http://authorjsscott.com

Facebook
http://www.facebook.com/authorjsscott

Facebook Español:
https://www.facebook.com/JS-Scott-Hola-844421068947883/

Me puedes mandar un Tweet:
https://twitter.com/AuthorJSScott @AuthorJSScott
https://twitter.com/JSScott_hola @JSScott_Hola

Instagram
https://www.instagram.com/authorj.s.scott/

Goodreads:
https://www.goodreads.com/author/show/2777016.J_S_Scott

Recibe todas las novedades de nuevos lanzamientos, rebajas, sorteos inscribiendote a nuestra hoja informativa en:
http://eepurl.com/KhsSD

OTROS LIBROS DE J. S. SCOTT

Serie La Obsesión del Multimillonario:

Corazón de Multimillonario ~ Sam (Libro 2)
La Salvación del Multimillonario ~ Max (Libro 3)

La Serie de Los hermanos Walker:

¡Desahogo! ~ Trace (Libro 1)

Próximamente

El Juego del Multimillonario

La Obsesión del Multimillonario ~ Kade

www.ingramcontent.com/pod-product-compliance
Lightning Source LLC
Chambersburg PA
CBHW050939120626
46552CB00001B/283